TEOGONIA

Hesíodo

Edição Bilíngue com tradução e notas de
Henry Bugalho

KOTTER
EDITORIAL

Coordenação editorial: Sálvio Nienkötter
Editor-executivo: Raul K. Souza
Editor-adjunto: Daniel Osiecki
Editora-assistente: Francieli Cunico
Capa: Bárbara Tanaka
Projeto gráfico: Isadora M. Castro Custódio
Produção: Cristiane Nienkötter

Dados Internacionais de Catalogação na Publicação (CIP).
Angélica Ilacqua CRB-8/7057

Hesíodo
Teogonia / Hesíodo ; tradução de Henry Alfred Bugalho. -
- Curitiba : Kotter Editorial, 2020
124 p.

ISBN: 978-65-86526-86-8

1. Poesia grega I. Título II. Bugalho, Henry Alfred

CDD881

19-2590

Kotter Editorial
Rua das Cerejeiras, 194
CEP: 82700-510 - Curitiba/PR
Tel. + 55 41 3585-5161
www.kotter.com.br | contato@kotter.com.br

TEOGONIA

Hesíodo

Edição Bilíngue com tradução e notas de

Henry Bugalho

TEOGONIA[1]

[1] A geração dos deuses.

μουσάων Ἑλικωνιάδων ἀρχώμεθ᾽ ἀείδειν,
αἵθ᾽ Ἑλικῶνος ἔχουσιν ὄρος μέγα τε ζάθεόν τε
καί τε περὶ κρήνην ἰοειδέα πόσσ᾽ ἁπαλοῖσιν
ὀρχεῦνται καὶ βωμὸν ἐρισθενέος Κρονίωνος.
καί τε λοεσσάμεναι τέρενα χρόα Περμησσοῖο
ἢ Ἵππου κρήνης ἢ Ὀλμειοῦ ζαθέοιο
ἀκροτάτῳ Ἑλικῶνι χοροὺς ἐνεποιήσαντο
καλούς, ἱμερόεντας: ἐπερρώσαντο δὲ ποσσίν.
ἔνθεν ἀπορνύμεναι, κεκαλυμμέναι ἠέρι πολλῇ,
ἐννύχιαι στεῖχον περικαλλέα ὄσσαν ἱεῖσαι,
ὑμνεῦσαι Δία τ᾽ αἰγίοχον καὶ πότνιαν Ἥρην
Ἀργεΐην, χρυσέοισι πεδίλοις ἐμβεβαυῖαν,
κούρην τ᾽ αἰγιόχοιο Διὸς γλαυκῶπιν Ἀθήνην
Φοῖβόν τ᾽ Ἀπόλλωνα καὶ Ἄρτεμιν ἰοχέαιραν
ἠδὲ Ποσειδάωνα γεήοχον, ἐννοσίγαιον,
καὶ Θέμιν αἰδοίην ἑλικοβλέφαρόν τ᾽ Ἀφροδίτην
Ἥβην τε χρυσοστέφανον καλήν τε Διώνην
Λητώ τ᾽ Ἰαπετόν τε ἰδὲ Κρόνον ἀγκυλομήτην
Ἠῶ τ᾽ Ἠέλιόν τε μέγαν λαμπράν τε Σελήνην
Γαῖάν τ᾽ Ὠκεανόν τε μέγαν καὶ Νύκτα μέλαιναν
ἄλλων τ᾽ ἀθανάτων ἱερὸν γένος αἰὲν ἐόντων.
αἵ νύ ποθ᾽ Ἡσίοδον καλὴν ἐδίδαξαν ἀοιδήν,
ἄρνας ποιμαίνονθ᾽ Ἑλικῶνος ὕπο ζαθέοιο.

MUSAS HELICONÍADAS

Comecemos a cantar pelas Musas Heliconíadas,
Que habitam no divino e grande monte Helicón,
Ao redor de uma fonte violácea e de um altar do mui poderoso Crônida,
Com seus pés delicados dançam.
Lavam suas frágeis peles no Permesso,
Na Fonte do Cavalo ou no divino Olmio,
E no cume de Hélicon elas entoam
Belos amáveis coros, estremecendo-o sob seus pés.
De lá, precipitam-se, envoltas em densa nuvem,
Marchando sob abrigo da noite, lançando suas maravilhosas vozes,
Louvando a Zeus portador do escudo, à augusta Hera
Argiva calçada com douradas sandálias,
À filha de Zeus portador do escudo, Atena de olhos glaucos,
A Febo Apolo e a Ártemis flecheira,
A Poseidon que abraça e sacode a terra,
À venerável Têmis, a Afrodite de olhos vivazes,
A Hebe de áurea coroa, à bela Dione,
A Leto, a Japeto, a Cronos de curvo pensar,
A Eos, ao altivo Hélios e à reluzente Selene[2],
A Gaia, ao imenso Oceano, à negra Noite
E aos outros da estirpe sagrada de Imortais sempiternos.
Elas ensinaram, um dia, a Hesíodo um belo canto,
Quando ele apascentava ovelhas aos pés do divino Helicón.

---

[2] Os deuses da Aurora, do Sol e da Lua.

τόνδε δέ με πρώτιστα θεαὶ πρὸς μῦθον ἔειπον,
Μοῦσαι Ὀλυμπιάδες, κοῦραι Διὸς αἰγιόχοιο:

ποιμένες ἄγραυλοι, κάκ' ἐλέγχεα, γαστέρες οἶον,
ἴδμεν ψεύδεα πολλὰ λέγειν ἐτύμοισιν ὁμοῖα,
ἴδμεν δ', εὖτ' ἐθέλωμεν, ἀληθέα γηρύσασθαι.
ὣς ἔφασαν κοῦραι μεγάλου Διὸς ἀρτιέπειαι:
καί μοι σκῆπτρον ἔδον δάφνης ἐριθηλέος ὄζον
δρέψασαι, θηητόν: ἐνέπνευσαν δέ μοι αὐδὴν
θέσπιν, ἵνα κλείοιμι τά τ' ἐσσόμενα πρό τ' ἐόντα.
καί μ' ἐκέλονθ' ὑμνεῖν μακάρων γένος αἰὲν ἐόντων,
σφᾶς δ' αὐτὰς πρῶτόν τε καὶ ὕστατον αἰὲν ἀείδειν.
ἀλλὰ τί ἦ μοι ταῦτα περὶ δρῦν ἢ περὶ πέτρην;

Esta mensagem as deusas, Musas Olímpicas,
Filhas de Zeus portador do escudo, disseram, primeiramente, a mim:

"Pastores do campo, triste opróbrio, ventres solitários,
Sabemos dizer muitas mentiras semelhantes a verdades,
E sabemos, quando queremos, proclamar a verdade."
Assim disseram as eloquentes filhas do grande Zeus.
E me deram um cetro, um admirável galho
De um florido loureiro cortado. Infundiram-me voz
Divina, para celebrar o que será e o que foi,
E me exortaram a laurear a estirpe dos bem-aventurados sempiternos,
E a elas, no princípio e no final, sempre cantar.
Mas por que tudo isto a mim ao redor do carvalho ou da rocha?[3]

[3] Provérbio que significa: "Por que se estender sobre assuntos irrelevantes?"

τύνη, Μουσάων ἀρχώμεθα, ταὶ Διὶ πατρὶ
ὑμνεῦσαι τέρπουσι μέγαν νόον ἐντὸς Ὀλύμπου,
εἰρεῦσαι τά τ' ἐόντα τά τ' ἐσσόμενα πρό τ' ἐόντα,
φωνῇ ὁμηρεῦσαι: τῶν δ' ἀκάματος ῥέει αὐδὴ
ἐκ στομάτων ἡδεῖα: γελᾷ δέ τε δώματα πατρὸς
Ζηνὸς ἐριγδούποιο θεᾶν ὀπὶ λειριοέσσῃ
σκιδναμένῃ: ἠχεῖ δὲ κάρη νιφόεντος Ὀλύμπου
δώματά τ' ἀθανάτων. αἳ δ' ἄμβροτον ὄσσαν ἱεῖσαι
θεῶν γένος αἰδοῖον πρῶτον κλείουσιν ἀοιδῇ
ἐξ ἀρχῆς, οὓς Γαῖα καὶ Οὐρανὸς εὐρὺς ἔτικτεν,
οἵ τ' ἐκ τῶν ἐγένοντο θεοί, δωτῆρες ἐάων.
δεύτερον αὖτε Ζῆνα, θεῶν πατέρ' ἠδὲ καὶ ἀνδρῶν,
ἀρχόμεναί θ' ὑμνεῦσι καὶ ἐκλήγουσαι ἀοιδῆς,
ὅσσον φέρτατός ἐστι θεῶν κράτεί τε μέγιστος.
αὖτις δ' ἀνθρώπων τε γένος κρατερῶν τε Γιγάντων
ὑμνεῦσαι τέρπουσι Διὸς νόον ἐντὸς Ὀλύμπου
Μοῦσαι Ὀλυμπιάδες, κοῦραι Διὸς αἰγιόχοιο.
τὰς ἐν Πιερίῃ Κρονίδῃ τέκε πατρὶ μιγεῖσα
Μνημοσύνη, γουνοῖσιν Ἐλευθῆρος μεδέουσα,
λησμοσύνην τε κακῶν ἄμπαυμά τε μερμηράων.
ἐννέα γάρ οἱ νυκτὸς ἐμίσγετο μητίετα Ζεὺς
νόσφιν ἀπ' ἀθανάτων ἱερὸν λέχος εἰσαναβαίνων:
ἀλλ' ὅτε δή ῥ' ἐνιαυτὸς ἔην, περὶ δ' ἔτραπον ὧραι
μηνῶν φθινόντων, περὶ δ' ἤματα πόλλ' ἐτελέσθη,
ἣ δ' ἔτεκ' ἐννέα κούρας ὁμόφρονας, ᾗσιν ἀοιδὴ

MUSAS OLÍMPICAS

Eia, comecemos pelas Musas que ao pai Zeus,
Com hinos, alegram o imenso coração no Olimpo,
Narrando o que é, o que foi e o que será,
Em uníssono. A infatigável voz agradavelmente
De suas bocas brota. Resplandece a morada do pai
Zeus trovejante, quando das deusas a lírica
Se propaga. E retumba o topo nevado do Olimpo
E a morada dos Imortais. Elas, suas vozes imortais
Lançando, laureiam com seu primeiro canto a nobre estirpe dos deuses,
Desde a origem, aos quais Gaia e o vasto Urano engendraram
E aos que daqueles nasceram, os deuses provedores de bens.
Depois, as deusas celebram, no começo e no final de seus cantos,
A Zeus, pai dos deuses e dos homens,
Por este ser o mais forte e o mais poderoso dos deuses.
E quando cantam a estirpe dos homens e dos violentos Gigantes,
As Musas Olímpicas, filhas do portador do escudo,
Alegram o coração de Zeus no Olimpo.
Na Pieria, deu à luz a elas, da união com o Pai Crônida,
Mnemosine, que reina sobre colinas de Eleutera,
Como alívio para os males e cura das preocupações.
Durante nove noites, uniu-se a ela o prudente Zeus,
Subindo em seu leito sagrado, longe dos Imortais.
E quando encerrou o ano e correram as estações,
Com o passar dos meses, e se cumpriram muitos dias,
Ela deu a luz a nove jovens de mesmo pensar, pelo canto

μέμβλεται ἐν στήθεσσιν, ἀκηδέα θυμὸν ἐχούσαις,
τυτθὸν ἀπ' ἀκροτάτης κορυφῆς νιφόεντος Ὀλύμπου.
ἔνθα σφιν λιπαροί τε χοροὶ καὶ δώματα καλά.
πὰρ δ' αὐτῇς Χάριτές τε καὶ Ἵμερος οἰκί' ἔχουσιν
ἐν θαλίῃς: ἐρατὴν δὲ διὰ στόμα ὄσσαν ἰεῖσαι
μέλπονται πάντων τε νόμους καὶ ἤθεα κεδνὰ
ἀθανάτων κλείουσιν, ἐπήρατον ὄσσαν ἰεῖσαι.
αἳ τότ' ἴσαν πρὸς Ὄλυμπον ἀγαλλόμεναι ὀπὶ καλῇ,
ἀμβροσίῃ μολπῇ: περὶ δ' ἴαχε γαῖα μέλαινα
ὑμνεύσαις, ἐρατὸς δὲ ποδῶν ὕπο δοῦπος ὀρώρει
νισσομένων πατέρ' εἰς ὅν: ὃ δ' οὐρανῷ ἐμβασιλεύει,
αὐτὸς ἔχων βροντὴν ἠδ' αἰθαλόεντα κεραυνόν,
κάρτει νικήσας πατέρα Κρόνον: εὖ δὲ ἕκαστα
ἀθανάτοις διέταξεν ὁμῶς καὶ ἐπέφραδε τιμάς.

ταῦτ' ἄρα Μοῦσαι ἄειδον, Ὀλύμπια δώματ' ἔχουσαι,
ἐννέα θυγατέρες μεγάλου Διὸς ἐκγεγαυῖαι,
Κλειώ τ' Εὐτέρπη τε Θάλειά τε Μελπομένη τε
Τερψιχόρη τ' Ἐρατώ τε Πολύμνιά τ' Οὐρανίη τε
Καλλιόπη θ': ἣ δὲ προφερεστάτη ἐστὶν ἁπασέων.
ἣ γὰρ καὶ βασιλεῦσιν ἅμ' αἰδοίοισιν ὀπηδεῖ.

Interessadas somente e com corações no peito isentos de pesares,
Perto do alto cume do nevado Olimpo.
Aí, formam alegres coros e habitam em belas moradas.
Junto delas têm morada as Graças e Hímero[4]
Nas festas. Com encantadora voz lançando de suas bocas
Elas cantam, e as leis e os respeitáveis costumes de todos
Os Imortais celebram, lançando voz amável.
Então, elas iam até o Olimpo, enaltecendo com belo canto,
Melodia imortal. Ao redor a terra negra geme
Ao entoarem hinos, dos pés adorável estrépito erguia-se
Enquanto elas se dirigiam a seu pai. Este reina sobre o céu
E detém o trovão e o raio fumegante,
Desde haver vencido, em poder, o pai Cronos. A cada um
Dos imortais ele bem distribuiu e confiou as honras.

Isto cantavam as Musas que habitam nas olímpicas moradas,
As nove filhas nascidas do grande Zeus:
Clio, Euterpe, Talia, Melpômene,
Terpsícore, Erato, Polímnia, Urânia
E Calíope, esta sendo a mais importante de todas,
Pois ela acompanha os reis veneráveis.

---

[4] O Desejo.

ὅν τινα τιμήσωσι Διὸς κοῦραι μεγάλοιο
γεινόμενόν τε ἴδωσι διοτρεφέων βασιλήων,
τῷ μὲν ἐπὶ γλώσσῃ γλυκερὴν χείουσιν ἐέρσην,
τοῦ δ' ἔπε' ἐκ στόματος ῥεῖ μείλιχα: οἱ δέ τε λαοὶ
πάντες ἐς αὐτὸν ὁρῶσι διακρίνοντα θέμιστας
ἰθείῃσι δίκῃσιν: ὃ δ' ἀσφαλέως ἀγορεύων
αἶψά κε καὶ μέγα νεῖκος ἐπισταμένως κατέπαυσεν:
τοὔνεκα γὰρ βασιλῆες ἐχέφρονες, οὕνεκα λαοῖς
βλαπτομένοις ἀγορῆφι μετάτροπα ἔργα τελεῦσι
ῥηιδίως, μαλακοῖσι παραιφάμενοι ἐπέεσσιν.
ἐρχόμενον δ' ἀν' ἀγῶνα θεὸν ὣς ἱλάσκονται
αἰδοῖ μειλιχίῃ, μετὰ δὲ πρέπει ἀγρομένοισιν:
τοίη Μουσάων ἱερὴ δόσις ἀνθρώποισιν.
ἐκ γάρ τοι Μουσέων καὶ ἑκηβόλου Ἀπόλλωνος
ἄνδρες ἀοιδοὶ ἔασιν ἐπὶ χθόνα καὶ κιθαρισταί,
ἐκ δὲ Διὸς βασιλῆες: ὃ δ' ὄλβιος, ὅν τινα Μοῦσαι
φίλωνται: γλυκερή οἱ ἀπὸ στόματος ῥέει αὐδή.
εἰ γάρ τις καὶ πένθος ἔχων νεοκηδέι θυμῷ
ἄζηται κραδίην ἀκαχήμενος, αὐτὰρ ἀοιδὸς
Μουσάων θεράπων κλέεα προτέρων ἀνθρώπων
ὑμνήσῃ μάκαράς τε θεούς, οἳ Ὄλυμπον ἔχουσιν,
αἶψ' ὅ γε δυσφροσυνέων ἐπιλήθεται οὐδέ τι κηδέων
μέμνηται: ταχέως δὲ παρέτραπε δῶρα θεάων.
χαίρετε, τέκνα Διός, δότε δ' ἱμερόεσσαν ἀοιδήν.
κλείετε δ' ἀθανάτων ἱερὸν γένος αἰὲν ἐόντων,

AÇÃO DAS MUSAS ENTRE OS HOMENS

Àqueles que as donzelas do poderoso Zeus honram
E cuidam ao nascer, dentre os reis adotados por Zeus,
Elas derramam sobre suas línguas doce orvalho
E de suas bocas fluem mel. Todos os povos
O observam quando ele julga de acordo com a lei,
Sentenciando com retidão, e quando com firmeza, na ágora,
Ele sabiamente põe fim em um instante a uma grande discórdia.
Pois os reis são prudentes quando às pessoas
Prejudicadas realizam, na ágora, a reparação
Com facilidade, apaziguando com exortações complacentes.
E, dirigindo-se ao tribunal, como a um deus o favorecem
Com melíflua honra e ele resplandece em meio à multidão.
Tão sagrado é o dom das Musas para os homens!
Pois, das Musas e de Apolo hábil flecheiro
Surgem os cantores e citaristas sobre a terra
E, de Zeus, os reis. Venturosos aqueles pelas Musas
Amados! A voz brota doce na boca.
Pois, se alguém atormentado na alma recém-lancinada
Se consume aflito em seu coração, após haver cantado um vate
Servo das Musas as façanhas dos primeiros homens
E dos felizes deuses que habitam no Olimpo,
Rapidamente se esquece de seus pesares e de desgraça alguma
Se recorda. Os dons das deusas prontamente os afastaram.
Alegrai, filhas de Zeus, dai adorável canto!
Louvai a estirpe sagrada dos Imortais sempiternos,

οἳ Γῆς τ' ἐξεγένοντο καὶ Οὐρανοῦ ἀστερόεντος,
Νυκτός τε δνοφερῆς, οὓς θ' ἁλμυρὸς ἔτρεφε Πόντος.
εἴπατε δ', ὡς τὰ πρῶτα θεοὶ καὶ γαῖα γένοντο
καὶ ποταμοὶ καὶ πόντος ἀπείριτος, οἴδματι θυίων,
ἄστρα τε λαμπετόωντα καὶ οὐρανὸς εὐρὺς ὕπερθεν
οἵ τ' ἐκ τῶν ἐγένοντο θεοί, δωτῆρες ἐάων
ὥς τ' ἄφενος δάσσαντο καὶ ὡς τιμὰς διέλοντο
ἠδὲ καὶ ὡς τὰ πρῶτα πολύπτυχον ἔσχον Ὄλυμπον.
ταῦτά μοι ἔσπετε Μοῦσαι, Ὀλύμπια δώματ' ἔχουσαι
ἐξ ἀρχῆς, καὶ εἴπαθ', ὅ τι πρῶτον γένετ' αὐτῶν.

Os que nasceram de Gaia e do estrelado Urano,
Os da sombria Noite, e os que o salgado Ponto[5] engendrou.
Dizei como nasceram, no princípio, os deuses, a terra,
Os rios, o imenso mar com ondas furiosas,
Os astros reluzentes e o vasto céu acima.
E os descendentes daqueles, os deuses doadores de bens,
Como eles repartiram as riquezas, como dividiram as honras
E, como, no princípio, habitaram o íngreme Olimpo.
Dizei-me estas coisas, Musas que habitam as moradas olímpicas
Desde o início e quem dentre eles sucedeu nascer primeiro.

[5] Mar.

ἦ τοι μὲν πρώτιστα Χάος γένετ', αὐτὰρ ἔπειτα
Γαῖ' εὐρύστερνος, πάντων ἕδος ἀσφαλὲς αἰεὶ
ἀθανάτων, οἳ ἔχουσι κάρη νιφόεντος Ὀλύμπου,
Τάρταρά τ' ἠερόεντα μυχῷ χθονὸς εὐρυοδείης,
ἠδ' Ἔρος, ὃς κάλλιστος ἐν ἀθανάτοισι θεοῖσι,
λυσιμελής, πάντων δὲ θεῶν πάντων τ' ἀνθρώπων
δάμναται ἐν στήθεσσι νόον καὶ ἐπίφρονα βουλήν.
ἐκ Χάεος δ' Ἔρεβός τε μέλαινά τε Νὺξ ἐγένοντο:
Νυκτὸς δ' αὖτ' Αἰθήρ τε καὶ Ἡμέρη ἐξεγένοντο,
οὓς τέκε κυσαμένη Ἐρέβει φιλότητι μιγεῖσα.
Γαῖα δέ τοι πρῶτον μὲν ἐγείνατο ἶσον ἑαυτῇ
Οὐρανὸν ἀστερόενθ', ἵνα μιν περὶ πάντα καλύπτοι,
ὄφρ' εἴη μακάρεσσι θεοῖς ἕδος ἀσφαλὲς αἰεί.
γείνατο δ' Οὔρεα μακρά, θεῶν χαρίεντας ἐναύλους,
Νυμφέων, αἳ ναίουσιν ἀν' οὔρεα βησσήεντα.
ἣ δὲ καὶ ἀτρύγετον πέλαγος τέκεν, οἴδματι θυῖον,
Πόντον, ἄτερ φιλότητος ἐφιμέρου: αὐτὰρ ἔπειτα
Οὐρανῷ εὐνηθεῖσα τέκ' Ὠκεανὸν βαθυδίνην,
Κοῖόν τε Κρῖόν θ' Ὑπερίονά τ' Ἰαπετόν τε
Θείαν τε Ῥείαν τε Θέμιν τε Μνημοσύνην τε
Φοίβην τε χρυσοστέφανον Τηθύν τ' ἐρατεινήν.
τοὺς δὲ μέθ' ὁπλότατος γένετο Κρόνος ἀγκυλομήτης,
δεινότατος παίδων: θαλερὸν δ' ἤχθηρε τοκῆα.
γείνατο δ' αὖ Κύκλωπας ὑπέρβιον ἦτορ ἔχοντας,
Βρόντην τε Στερόπην τε καὶ Ἄργην ὀβριμόθυμον,

COSMOGONIA

Seguramente, em primeiro lugar, surgiu o Caos. Depois também
Gaia de amplo seio, abrigo sempre seguro para todos
Os imortais que habitam o cume nevado do Olimpo,
E, nas profundezas da terra de largos caminhos, o tenebroso Tártaro.
E Eros, o mais belo dentre os deuses imortais,
Que afrouxa os membros e, de todos os deuses e de todos os homens,
Subjuga no peito a inteligência e a vontade sensata.
Do Caos nasceram Érebo e a negra Noite.
Da Noite nasceram, por sua vez, o Éter e o Dia,
Aos quais deu à luz fecundada em união amorosa com Érebo.
Gaia gerou, primeiro, semelhante a si mesma,
O estrelado Urano, para contê-la por todos os lados
E ser o sempre seguro abrigo para os bem-aventurados deuses.
E gerou as grandes Montanhas, agradáveis refúgios de deusas,
As Ninfas que habitam nas montanhas silvestres.
Ela gerou também a estéril planície de ondas agitadas,
O Ponto, sem desejo amoroso. Depois,
Ao se deitar com Urano, pariu Oceano de profundas correntes,
Ceo, Crio, Hipérion, Japeto,
Teia, Reia, Têmis, Mnemôsine,
Febe de áurea coroa e a amável Tétis.
Depois deles, nasceu o mais jovem, Cronos de curvo pensar,
O mais terrível dos rebentos, que odiou o vigoroso pai.
Gerou ainda os Ciclopes de espírito arrogante,
Brontes, Esteropes e o violento Arges,

οἳ Ζηνὶ βροντήν τε δόσαν τεῦξάν τε κεραυνόν.
οἳ δή τοι τὰ μὲν ἄλλα θεοῖς ἐναλίγκιοι ἦσαν,
μοῦνος δ’ ὀφθαλμὸς μέσσῳ ἐνέκειτο μετώπῳ.
Κύκλωπες δ’ ὄνομ’ ἦσαν ἐπώνυμον, οὕνεκ’ ἄρα σφέων
κυκλοτερὴς ὀφθαλμὸς ἕεις ἐνέκειτο μετώπῳ:
ἰσχὺς δ’ ἠδὲ βίη καὶ μηχαναὶ ἦσαν ἐπ’ ἔργοις.

ἄλλοι δ’ αὖ Γαίης τε καὶ Οὐρανοῦ ἐξεγένοντο
τρεῖς παῖδες μεγάλοι τε καὶ ὄβριμοι, οὐκ ὀνομαστοί,
Κόττος τε Βριάρεώς τε Γύης θ’, ὑπερήφανα τέκνα.
τῶν ἑκατὸν μὲν χεῖρες ἀπ’ ὤμων ἀίσσοντο,
ἄπλαστοι, κεφαλαὶ δὲ ἑκάστῳ πεντήκοντα
ἐξ ὤμων ἐπέφυκον ἐπὶ στιβαροῖσι μέλεσσιν:
ἰσχὺς δ’ ἄπλητος κρατερὴ μεγάλῳ ἐπὶ εἴδει.

Que presentearam Zeus com o trovão e lhe fabricaram o raio.
Estes eram semelhantes aos deuses,
No meio de suas testas havia somente um olho.
Pelo nome Ciclopes eram chamados, por
Um olho completamente redondo trazerem na testa.
Vigor, agressividade e engenho havia em seus atos.

Outros também de Gaia e Urano nasceram,
Três filhos enormes e robustos, inomináveis:
Coto, Briareu e Giges, prole soberba.
Cem braços dos ombros se agitavam,
Disformes; em cada um, cinquenta cabeças
Brotavam dos ombros, sobre membros robustos.
Vigor insaciável, poderoso em grande forma.

ὅσσοι γὰρ Γαίης τε καὶ Οὐρανοῦ ἐξεγένοντο,
δεινότατοι παίδων, σφετέρῳ δ᾽ ἤχθοντο τοκῆι
ἐξ ἀρχῆς: καὶ τῶν μὲν ὅπως τις πρῶτα γένοιτο,
πάντας ἀποκρύπτασκε, καὶ ἐς φάος οὐκ ἀνίεσκε,
Γαίης ἐν κευθμῶνι, κακῷ δ᾽ ἐπετέρπετο ἔργῳ
Οὐρανός. ἣ δ᾽ ἐντὸς στοναχίζετο Γαῖα πελώρη
στεινομένη: δολίην δὲ κακήν τ᾽ ἐφράσσατο τέχνην.
αἶψα δὲ ποιήσασα γένος πολιοῦ ἀδάμαντος
τεῦξε μέγα δρέπανον καὶ ἐπέφραδε παισὶ φίλοισιν:
εἶπε δὲ θαρσύνουσα, φίλον τετιημένη ἦτορ:

παῖδες ἐμοὶ καὶ πατρὸς ἀτασθάλου, αἴ κ᾽ ἐθέλητε
πείθεσθαι, πατρός κε κακὴν τισαίμεθα λώβην
ὑμετέρου: πρότερος γὰρ ἀεικέα μήσατο ἔργα.

ὣς φάτο: τοὺς δ᾽ ἄρα πάντας ἕλεν δέος, οὐδέ τις αὐτῶν
φθέγξατο. θαρσήσας δὲ μέγας Κρόνος ἀγκυλομήτης
ἂψ αὖτις μύθοισι προσηύδα μητέρα κεδνήν:

μῆτερ, ἐγώ κεν τοῦτό γ᾽ ὑποσχόμενος τελέσαιμι
ἔργον, ἐπεὶ πατρός γε δυσωνύμου οὐκ ἀλεγίζω
ἡμετέρου: πρότερος γὰρ ἀεικέα μήσατο ἔργα.
ὣς φάτο: γήθησεν δὲ μέγα φρεσὶ Γαῖα πελώρη:
εἷσε δέ μιν κρύψασα λόχῳ: ἐνέθηκε δὲ χερσὶν
ἅρπην καρχαρόδοντα: δόλον δ᾽ ὑπεθήκατο πάντα.

CASTRAÇÃO DE URANO. AFRODITE

Quantos nasceram de Gaia e Urano,
Os filhos mais terríveis, a seu próprio pai odiaram
Desde o princípio. E quando cada um deles nascia,
A todos retinha, à luz não os deixando,
Nos subterrâneos de Gaia, e se alegrava de sua ação maligna
Urano. Lamentava-se interiormente a prodigiosa Gaia,
Abarrotada, e teceu uma cruel e deliberada artimanha.
Rapidamente produziu um tipo de aço brilhante,
Forjou uma enorme foice e explicou a seus amados filhos.
Corajosa, disse, ofendida em seu coração:

"Filhos meus e de pai arrogante! Se desejardes
Confiar em mim, vingaremos o cruel ultraje do pai
vosso; pois ele primeiro meditou ações vergonhosas".

Assim falou e o medo dominou a todos, ninguém sequer
Murmurou. O corajoso grande Cronos de curvo pensar
Imediatamente replicou com estas palavras sua prudente mãe:

"Mãe, isto eu te prometo e cumprirei
A ação, pois não me apiedo do odioso pai
Nosso, pois ele primeiro meditou ações vergonhosas".
Assim falou. A prodigiosa Gaia muito se alegrou em seu interior
E o ocultou em tocaia. Pôs em suas mãos
A foice de afiados dentes e nele infundiu a artimanha.

ἦλθε δὲ νύκτ᾽ ἐπάγων μέγας Οὐρανός, ἀμφὶ δὲ Γαίῃ
ἱμείρων φιλότητος ἐπέσχετο καί ῥ᾽ ἐτανύσθη
πάντη: ὃ δ᾽ ἐκ λοχέοιο πάις ὠρέξατο χειρὶ
σκαιῇ, δεξιτερῇ δὲ πελώριον ἔλλαβεν ἅρπην
μακρὴν καρχαρόδοντα, φίλου δ᾽ ἀπὸ μήδεα πατρὸς
ἐσσυμένως ἤμησε, πάλιν δ᾽ ἔρριψε φέρεσθαι
ἐξοπίσω: τὰ μὲν οὔ τι ἐτώσια ἔκφυγε χειρός:
ὅσσαι γὰρ ῥαθάμιγγες ἀπέσσυθεν αἱματόεσσαι,
πάσας δέξατο Γαῖα: περιπλομένων δ᾽ ἐνιαυτῶν
γείνατ᾽ Ἐρινῦς τε κρατερὰς μεγάλους τε Γίγαντας,
τεύχεσι λαμπομένους, δολίχ᾽ ἔγχεα χερσὶν ἔχοντας,
Νύμφας θ᾽ ἃς Μελίας καλέουσ᾽ ἐπ᾽ ἀπείρονα γαῖαν.
μήδεα δ᾽ ὡς τὸ πρῶτον ἀποτμήξας ἀδάμαντι
κάββαλ᾽ ἀπ᾽ ἠπείροιο πολυκλύστῳ ἐνὶ πόντῳ,
ὣς φέρετ᾽ ἂμ πέλαγος πουλὺν χρόνον, ἀμφὶ δὲ λευκὸς
ἀφρὸς ἀπ᾽ ἀθανάτου χροὸς ὤρνυτο: τῷ δ᾽ ἔνι κούρη
ἐθρέφθη: πρῶτον δὲ Κυθήροισιν ζαθέοισιν
ἔπλητ᾽, ἔνθεν ἔπειτα περίρρυτον ἵκετο Κύπρον.
ἐκ δ᾽ ἔβη αἰδοίη καλὴ θεός, ἀμφὶ δὲ ποίη
ποσσὶν ὕπο ῥαδινοῖσιν ἀέξετο: τὴν δ᾽ Ἀφροδίτην
ἀφρογενέα τε θεὰν καὶ ἐυστέφανον Κυθέρειαν
κικλῄσκουσι θεοί τε καὶ ἀνέρες, οὕνεκ᾽ ἐν ἀφρῷ
θρέφθη: ἀτὰρ Κυθέρειαν, ὅτι προσέκυρσε Κυθήροις:
Κυπρογενέα δ᾽, ὅτι γέντο πολυκλύστῳ ἐνὶ Κύπρῳ:
ἠδὲ φιλομμηδέα, ὅτι μηδέων ἐξεφαάνθη.
τῇ δ᾽ Ἔρος ὡμάρτησε καὶ Ἵμερος ἕσπετο καλὸς

Veio o grande Urano conduzindo a Noite, sobre Gaia
Deteu-se, desejando amor, e se estendeu
Por tudo. O filho atocaiado alcançou-o com a mão
Esquerda, empunhou com a direita a prodigiosa foice,
Enorme e com dentes afiados, e do pai os genitais
Impetuosamente decepou e, para trás, lançou-os
Ao acaso. Mas não foi em vão que aquilo lhe escapou das mãos.
Quantas gotas de sangue respingaram,
A todas Gaia recolheu. E, ao se completar um ano,
Pariu as violentas Erínias, os grandes Gigantes,
De armas resplandecentes, que sustêm nas mãos longas lanças,
E as Ninfas, chamadas Freixos sobre a vasta terra.
Os genitais, do instante mesmo em que foram cortados com o aço
E lançados do continente ao mar revoltoso,
Foram levados pelo mar durante muito tempo. Ao redor, uma branca
Espuma do membro imortal jorrava, dela uma donzela
Se constituiu. Primeiro, a divina Citera
Atingiu, de lá, dirigiu-se depois a Chipre cercada de marés.
Saiu do mar a bela augusta deusa, ervas ao redor
De seus pés delicados cresciam. A ela Afrodite,
Deusa nascida da espuma e bem-coroada Citereia,
Chamam-na os deuses e os homens, porque da espuma
Se constituiu. E Citereia porque se dirigiu a Citera.
Ciprogeneia, porque nasceu em Chipre de muitas correntes,
E Filomedeia, porque surgiu dos genitais.
Eros a acompanhou e a seguiu o belo Hímero[6]

[6] Desejo.

γεινομένῃ τὰ πρῶτα θεῶν τ' ἐς φῦλον ἰούσῃ.
ταύτην δ' ἐξ ἀρχῆς τιμὴν ἔχει ἠδὲ λέλογχε
μοῖραν ἐν ἀνθρώποισι καὶ ἀθανάτοισι θεοῖσι,
παρθενίους τ' ὀάρους μειδήματά τ' ἐξαπάτας τε
τέρψιν τε γλυκερὴν φιλότητά τε μειλιχίην τε.
τοὺς δὲ πατὴρ Τιτῆνας ἐπίκλησιν καλέεσκε
παῖδας νεικείων μέγας Οὐρανός, οὓς τέκεν αὐτός:
φάσκε δὲ τιταίνοντας ἀτασθαλίῃ μέγα ῥέξαι
ἔργον, τοῖο δ' ἔπειτα τίσιν μετόπισθεν ἔσεσθαι.

Tão logo ela nasceu e reuniu-se à raça dos deuses.
Esta atribuição possui desde o início e recebeu
Sua parte entre os homens e os deuses imortais:
As intimidades das donzelas, os sorrisos, os enganos,
O doce prazer, o amor e a mansidão.
O pai com o apelido de Titãs os chamou,
O grande Urano injuriando os rebentos que ele gerou.
Dizia terem eles realizado, com temerária insensatez, grande
Obra, da qual teriam, posteriormente, justo castigo.

νὺξ δ’ ἔτεκεν στυγερόν τε Μόρον καὶ Κῆρα μέλαιναν
καὶ Θάνατον, τέκε δ’ Ὕπνον, ἔτικτε δὲ φῦλον Ὀνείρων:
δεύτερον αὖ Μῶμον καὶ Ὀιζὺν ἀλγινόεσσαν
οὔ τινι κοιμηθεῖσα θεὰ τέκε Νὺξ ἐρεβεννή,
Ἑσπερίδας θ’, ᾗς μῆλα πέρην κλυτοῦ Ὠκεανοῖο
χρύσεα καλὰ μέλουσι φέροντά τε δένδρεα καρπόν.
καὶ Μοίρας καὶ Κῆρας ἐγείνατο νηλεοποίνους,
Κλωθώ τε Λάχεσίν τε καὶ Ἄτροπον, αἵτε βροτοῖσι
γεινομένοισι διδοῦσιν ἔχειν ἀγαθόν τε κακόν τε,
αἵτ’ ἀνδρῶν τε θεῶν τε παραιβασίας ἐφέπουσιν:
οὐδέ ποτε λήγουσι θεαὶ δεινοῖο χόλοιο,
πρίν γ’ ἀπὸ τῷ δώωσι κακὴν ὄπιν, ὅς τις ἁμάρτῃ.
τίκτε δὲ καὶ Νέμεσιν, πῆμα θνητοῖσι βροτοῖσι,
Νὺξ ὀλοή: μετὰ τὴν δ’ Ἀπάτην τέκε καὶ Φιλότητα
Γῆράς τ’ οὐλόμενον, καὶ Ἔριν τέκε καρτερόθυμον.

αὐτὰρ Ἔρις στυγερὴ τέκε μὲν Πόνον ἀλγινόεντα
Λήθην τε Λιμόν τε καὶ Ἄλγεα δακρυόεντα
Ὑσμίνας τε Μάχας τε Φόνους τ’ Ἀνδροκτασίας τε
Νείκεά τε ψευδέας τε Λόγους Ἀμφιλλογίας τε
Δυσνομίην τ’ Ἄτην τε, συνήθεας ἀλλήλῃσιν,
Ὅρκον θ’, ὃς δὴ πλεῖστον ἐπιχθονίους ἀνθρώπους
πημαίνει, ὅτε κέν τις ἑκὼν ἐπίορκον ὀμόσσῃ.

FILHOS DA NOITE E ÉRIS

A Noite pariu o odioso Moros[7], a negra Cer
E Tánato[8]; pariu Hipnos[9] e engendrou a raça dos Sonhos.
Depois, ao Escárnio, à dolorosa Miséria,
Sem conúbio a divina Noite tenebrosa pariu,
E as Hespérides, que, do outro lado do ilustre Oceano, das belas maçãs
De ouro cuidam e das árvores que produzem tais frutos.
Pariu também as Moiras e as Keras[10], vingadoras implacáveis:
Cloto, Láquesis e Átropo, que aos mortais
Dão, ao nascerem, a posse do bem e do mal
E perseguem as transgressões dos homens e dos deuses,
E nunca repousam as deusas em sua cólera terrível
Até aplicarem um maligno castigo naquele que se desvia.
Também à Nêmesis[11], sofrimento para os homens mortais, pariu
A Noite funesta. Depois dela pariu o Engano, o Amor
E a funesta Velhice, e pariu a valorosa Éris.

Por sua vez, a odiosa Éris pariu a dolorosa Fadiga,
O Esquecimento, a Fome e as Dores lacrimosas,
Os Combates, Guerras, Matanças, Carnificinas,
Discórdias, Mentiras, Discursos, Disputas,
Desordem e Destruição, companheiras uma da outra,
E o Juramento, que, aos homens da terra, mais
Prejudica quando alguém deliberadamente perjura.

---

[7] Destino, Sorte e Morte.
[8] Morte.
[9] Sono.
[10] Destinos e Sortes.
[11] Vingança.

Νηρέα δ’ ἀψευδέα καὶ ἀληθέα γείνατο Πόντος,
πρεσβύτατον παίδων: αὐτὰρ καλέουσι γέροντα,
οὕνεκα νημερτής τε καὶ ἤπιος, οὐδὲ θεμιστέων
λήθεται, ἀλλὰ δίκαια καὶ ἤπια δήνεα οἶδεν:
αὖτις δ’ αὖ Θαύμαντα μέγαν καὶ ἀγήνορα Φόρκυν
Γαίῃ μισγόμενος καὶ Κητὼ καλλιπάρῃον
Εὐρυβίην τ’ ἀδάμαντος ἐνὶ φρεσὶ θυμὸν ἔχουσαν.

FILHOS DO MAR

O Mar gerou o sincero e verdadeiro Nereu,
O filho primogênito. Ademais, chamam-no de Ancião,
Porque, infalível e benévolo, nem às leis
Esquece, mas conhece os justos e bons desígnios.
Depois, ao enorme Taumante e ao arrogante Fórcis
Em conúbio com Gaia gerou, Ceto de belas faces
E Euríbia, que tem no coração vontade de aço.

Νηρῆος δ' ἐγένοντο μεγήρατα τέκνα θεάων
πόντῳ ἐν ἀτρυγέτῳ καὶ Δωρίδος ἠυκόμοιο,
κούρης 'Ωκεανοῖο, τελήεντος ποταμοῖο,
Πλωτώ τ' Εὐκράντη τε Σαώ τ' Ἀμφιτρίτη τε
Εὐδώρη τε Θέτις τε Γαλήνη τε Γλαύκη τε
Κυμοθόη Σπειώ τε Θόη θ' Ἁλίη τ' ἐρόεσσα
Πασιθέη τ' 'Ερατώ τε καὶ Εὐνίκη ῥοδόπηχυς
καὶ Μελίτη χαρίεσσα καὶ Εὐλιμένη καὶ Ἀγαυὴ
Δωτώ τε Πρωτώ τε Φέρουσά τε Δυναμένη τε
Νησαίη τε καὶ Ἀκταίη καὶ Πρωτομέδεια
Δωρὶς καὶ Πανόπεια καὶ εὐειδὴς Γαλάτεια
Ἱπποθόη τ' ἐρόεσσα καὶ Ἱππονόη ῥοδόπηχυς
Κυμοδόκη θ', ἣ κύματ' ἐν ἠεροειδέι πόντῳ
πνοιάς τε ζαέων ἀνέμων σὺν Κυματολήγῃ
ῥεῖα πρηύνει καὶ ἐυσφύρῳ Ἀμφιτρίτῃ,
Κυμώ τ' Ἠιόνη τε ἐυστέφανός θ' Ἁλιμήδη
Γλαυκονόμη τε φιλομμειδὴς καὶ Ποντοπόρεια
Ληαγόρη τε καὶ Εὐαγόρη καὶ Λαομέδεια
Πουλυνόη τε καὶ Αὐτονόη καὶ Λυσιάνασσα
Εὐάρνη τε φυήν τ' ἐρατὴ καὶ εἶδος ἄμωμος
καὶ Ψαμάθη χαρίεσσα δέμας δίη τε Μενίππη
Νησώ τ' Εὐπόμπη τε Θεμιστώ τε Προνόη τε
Νημερτής θ', ἣ πατρὸς ἔχει νόον ἀθανάτοιο.

CATÁLOGO DAS NEREIDAS

De Nereu nasceram divinas filhas adoráveis,
No mar estéril, e de Dóris de belos cabelos,
Filha do Oceano, o rio circundante:
Ploto, Eucrante, Sao, Anfitrite,
Eudora, Tétis, Galena, Glauce,
Cimotoe, Espeio, Toe, a amável Hália,
Pasíteia, Erato, Eunice de braços rosados,
A graciosa Mélita, Eulimene, Agave,
Doto, Proto, Ferusa, Dinamene,
Neseia, Acteia, Protomedeia,
Dóris, Panopeia, a formosa Galateia,
A amável Hipótoe, Hipônoe de braços rosados,
Cimódoe, que acalma facilmente as sombrias ondas no mar
E o violento sopro dos ventos junto com Cimatólege
E Anfitrite de belos tornozelos,
Cimo, Ione, Halimede de bela coroa,
A risonha Glaucônoma, Pontoporeia,
Liágora, Evágora, Laomedeia,
Polínoe, Autônoe, Lisianassa,
Evarne de amável silhueta e aspecto irrepreensível,
Psâmate de porte gracioso, a divina Menipe,
Neso, Eupompe, Temisto, Prônoe e
Nemertes, que tem a sabedoria do pai imortal.[12]

[12] Ploto, a nadadora; Eucrante,a que traz a realização; Sao, a salvadora; Anfitrite; Eudora, a dos bons presentes; Tétis; Galena, tempo calmo; Glauce, verde-mar; Cimótoe, ligeira como a onda; Espeio, a que mora em cavernas; Toe, a que se move depressa; Hália, a que mora no mar; Pasítea; Erato,

αὗται μὲν Νηρῆος ἀμύμονος ἐξεγένοντο
κοῦραι πεντήκοντα, ἀμύμονα ἔργα ἰδυῖαι.

Estas nasceram do irrepreensível Nereu,
Cinquenta donzelas, peritas em obras irrepreensíveis.

---

a que desperta o desejo (nome também de uma das Musas); Eunice, a da vitória feliz; Mélita; Eulimene, a do bom porto; Agave, a nobre; Doto, a doadora; Proto, a primeira; Ferusa, a que traz; Dinamene; Neséia, a que mora nas ilhas; Actéia, a que mora nas costas; Protomedéia, a primeira soberana; Dóris (a qual, como Eudora, cujo nome tem o mesmo significado, é também uma Oceânide); Panopéia; Galatéia (a deusa do mar parecida com Afrodite, que foi sequestrada pelo cíclope Polifemo - inimigo mais tarde de Ulisses - e amada pelo belo Ácis); Hipótoe, ligeira como uma égua; Hipônoe, selvagem como uma égua; Cimódoe, a que recolhe as ondas; Cimatóloge, a que apazigua as ondas; Cimo, a deusa da onda; Ione, a deusa da praia; Halimede, a deusa marinha do bom conselho; Glaucônoma, a que mora no verde mar; Pontoperéia, a que viaja por mar; Liágora e Evágora, a eloquente; Laomedéia, soberana do povo; Polínoe, a que dá razão; Autônoe, a que dá inspiração; Lisianassa, a senhora redentora; Evarne; Psâmate, a deusa da areia; Menipe, a égua corajosa; Neso, a deusa da ilha; Eupompe, a da boa escolta; Temisto (uma espécie de duplo da grande deusa Têmis); Prônoe, a próvida; e Nemertes, a veraz.

Θαύμας δ' Ὠκεανοῖο βαθυρρείταο θύγατρα
ἠγάγετ' Ἠλέκτρην: ἣ δ' ὠκεῖαν τέκεν Ἶριν
ἠυκόμους θ' Ἁρπυίας Ἀελλώ τ' Ὠκυπέτην τε,
αἵ ῥ' ἀνέμων πνοιῇσι καὶ οἰωνοῖς ἅμ' ἕπονται
ὠκείῃς πτερύγεσσι: μεταχρόνιαι γὰρ ἴαλλον.

FILHOS DE TAUMANTE E ELECTRA

Taumante à filha do Oceano de profundas correntes,
Electra, desposou. Esta pariu a veloz Íris
E as Harpias de belos cabelos: Aelo e Ocípete,
Que a lufares dos ventos e aves acompanham
Com suas rápidas asas, pois lançam-se através dos céus.

Φόρκυϊ δ' αὖ Κητὼ Γραίας τέκε καλλιπαρῄους
ἐκ γενετῆς πολιάς, τὰς δὴ Γραίας καλέουσιν
ἀθάνατοί τε θεοὶ χαμαὶ ἐρχόμενοί τ' ἄνθρωποι,
Πεμφρηδώ τ' ἐύπεπλον Ἐνυώ τε κροκόπεπλον,
Γοργούς θ', αἳ ναίουσι πέρην κλυτοῦ Ὠκεανοῖο
ἐσχατιῇ πρὸς Νυκτός, ἵν' Ἑσπερίδες λιγύφωνοι,
Σθεννώ τ' Εὐρυάλη τε Μέδουσά τε λυγρὰ παθοῦσα.
ἣ μὲν ἔην θνητή, αἳ δ' ἀθάνατοι καὶ ἀγήρῳ,
αἱ δύο: τῇ δὲ μιῇ παρελέξατο Κυανοχαίτης
ἐν μαλακῷ λειμῶνι καὶ ἄνθεσιν εἰαρινοῖσιν.
τῆς δ' ὅτε δὴ Περσεὺς κεφαλὴν ἀπεδειροτόμησεν,
ἔκθορε Χρυσαωρ τε μέγας καὶ Πήγασος ἵππος.
τῷ μὲν ἐπώνυμον ἦεν, ὅτ' Ὠκεανοῦ περὶ πηγὰς
γένθ', ὃ δ' ἄορ χρύσειον ἔχων μετὰ χερσὶ φίλῃσιν.
χὠ μὲν ἀποπτάμενος προλιπὼν χθόνα, μητέρα μήλων,
ἵκετ' ἐς ἀθανάτους: Ζηνὸς δ' ἐν δώμασι ναίει
βροντήν τε στεροπήν τε φέρων Διὶ μητιόεντι.
Χρυσάωρ δ' ἔτεκεν τρικέφαλον Γηρυονῆα
μιχθεὶς Καλλιρόῃ κούρῃ κλυτοῦ Ὠκεανοῖο.
τὸν μὲν ἄρ' ἐξενάριξε βίη Ἡρακληείη
βουσὶ παρ' εἰλιπόδεσσι περιρρύτῳ εἰν Ἐρυθείῃ
ἤματι τῷ ὅτε περ βοῦς ἤλασεν εὐρυμετώπους

DESCENDENTES DE CETO E FÓRCIS

Ceto gerou, com Fórcis, as Greias de belas faces,
Grisalhas desde o nascimento; chama-nas de Velhas
Os deuses imortais e os homens que vagueiam na terra:
Penfredo de belo véu, Ênio de véu açafrão
E as Górgonas, que habitam do outro lado do ilustre Oceano,
Nos confins da noite — onde estão as harmoniosas Hespérides —:
Esteno, Euríale e Medusa, que sofreu a desgraça;
Esta era mortal, e as outras imortais e isentas de velhice
Ambas; com ela se deitou o de Cabeleira Negra[13]
Em um prado suave, entre flores primaveris.
Quando Perseu lhe decapitou a cabeça,
Dela surgiu o enorme Crisaor e o cavalo Pégaso.
Este foi nomeado por junto aos mananciais[14] do Oceano
Haver nascido, e aquele porque tinha nas mãos uma espada de ouro[15].
Levantando voo, ele abandonou a terra, mãe de rebanhos,
Foi aos Imortais e habita nas moradas de Zeus,
Levando o trovão e o raio ao prudente Zeus.
Crisaor gerou o tricéfalo Gerião,
Unindo-se a Calirroe, filha do ilustre Oceano;
A este matou a força de Heracles
Por causa dos bois de marcha sinuosa em Eritréia cercada de marés,
Naquele dia em que ele conduziu os bois de larga fronte

---

[13] Poseidon.

[14] Pegué, *(pl. Pegás)* – manancial.

[15] Crisos – ouro; Aor –espada.

Τίρυνθ' εἰς ἱερὴν διαβὰς πόρον Ὠκεανοῖο
Ὄρθον τε κτείνας καὶ βουκόλον Εὐρυτίωνα
σταθμῷ ἐν ἠερόεντι πέρην κλυτοῦ Ὠκεανοῖο.

ἣ δ' ἔτεκ' ἄλλο πέλωρον ἀμήχανον, οὐδὲν ἐοικὸς
θνητοῖς ἀνθρώποις οὐδ' ἀθανάτοισι θεοῖσιν,
σπῆι ἔνι γλαφυρῷ θείην κρατερόφρον' Ἔχιδναν,
ἥμισυ μὲν νύμφην ἑλικώπιδα καλλιπάρῃον,
ἥμισυ δ' αὖτε πέλωρον ὄφιν δεινόν τε μέγαν τε
αἰόλον ὠμηστὴν ζαθέης ὑπὸ κεύθεσι γαίης.
ἔνθα δέ οἱ σπέος ἐστὶ κάτω κοίλῃ ὑπὸ πέτρῃ
τηλοῦ ἀπ' ἀθανάτων τε θεῶν θνητῶν τ' ἀνθρώπων:
ἔνθ' ἄρα οἱ δάσσαντο θεοὶ κλυτὰ δώματα ναίειν.
ἣ δ' ἔρυτ' εἰν Ἀρίμοισιν ὑπὸ χθονὶ λυγρὴ Ἔχιδνα,
ἀθάνατος νύμφη καὶ ἀγήραος ἤματα πάντα.

τῇ δὲ Τυφάονά φασι μιγήμεναι ἐν φιλότητι
δεινόν θ' ὑβριστήν τ' ἄνομόν θ' ἑλικώπιδι κούρῃ:
ἣ δ' ὑποκυσαμένη τέκετο κρατερόφρονα τέκνα.
Ὄρθον μὲν πρῶτον κύνα γείνατο Γηρυονῆι:
δεύτερον αὖτις ἔτικτεν ἀμήχανον, οὔ τι φατειὸν
Κέρβερον ὠμηστήν, Ἀίδεω κύνα χαλκεόφωνον,
πεντηκοντακέφαλον, ἀναιδέα τε κρατερόν τε:
τὸ τρίτον Ὕδρην αὖτις ἐγείνατο λυγρὰ ἰδυῖαν
Λερναίην, ἣν θρέψε θεὰ λευκώλενος Ἥρη
ἄπλητον κοτέουσα βίῃ Ἡρακληείῃ.
καὶ τὴν μὲν Διὸς υἱὸς ἐνήρατο νηλέι χαλκῷ

Até a sagrada Tirinto, atravessando o estreito do Oceano,
Após haver matado Orto e o boiadeiro Euritião
Em seu sombrio estábulo, do outro lado do ilustre Oceano.

Ela gerou outro monstro extraordinário, em nada parecido
Aos homens mortais nem aos deuses imortais,
Em uma gruta cavada: a divina Equidna de espírito resoluto,
Metade ninfa de olhos vivos e lindas faces,
Outra metade monstruosa serpente terrível e enorme,
Carnívora veloz, oculta sob a terra venerável.
Aí, está em caverna nas profundezas, sob côncava rocha,
Longe dos deuses imortais e dos homens mortais;
Aí, então, os deuses deram-lhe para morar um ilustre palácio.
A triste Equidna foi retida em Arima, sob a terra,
Ninfa imortal e isenta de velhice, por todo o sempre.

Com ela, dizem, Tífon uniu-se em amor,
Terrível, petulante e ímpio malvado, com a donzela de olhos vivos.
Ela, prenhe, pariu prole de espírito resoluto:
Primeiro, gerou Orto, o cachorro de Gerião.
Em seguida, teve o extraordinário e inefável
Cérbero carnívoro, cachorro de brônzeo latido de Hades,
Com cinquenta cabeças, impiedoso e violento.
Em terceiro lugar, engendrou Hidra, engenhosa quanto ao perverso,
De Lerna, à qual Hera, deusa de alvos braços, alimentou,
Irritada terrivelmente contra a força de Heracles.
Aniquilou-a o filho de Zeus, com seu bronze implacável,

Ἀμφιτρυωνιάδης σὺν ἀρηιφίλῳ Ἰολάῳ
Ηρακλέης βουλῇσιν Ἀθηναίης ἀγελείης.
ἣ δὲ Χίμαιραν ἔτικτε πνέουσαν ἀμαιμάκετον πῦρ,
δεινήν τε μεγάλην τε ποδώκεά τε κρατερήν τε:
τῆς δ’ ἦν τρεῖς κεφαλαί: μία μὲν χαροποῖο λέοντος,
ἣ δὲ χιμαίρης, ἣ δ’ ὄφιος, κρατεροῖο δράκοντος,
πρόσθε λέων, ὄπιθεν δὲ δράκων, μέσση δὲ χίμαιρα,
δεινὸν ἀποπνείουσα πυρὸς μένος αἰθομένοιο.
τὴν μὲν Πήγασος εἷλε καὶ ἐσθλὸς Βελλεροφόντης.
ἣ δ’ ἄρα Φῖκ’ ὀλοὴν τέκε Καδμείοισιν ὄλεθρον
Ὄρθῳ ὑποδμηθεῖσα Νεμειαῖόν τε λέοντα,
τόν ῥ’ Ἥρη θρέψασα Διὸς κυδρὴ παράκοιτις
γουνοῖσιν κατένασσε Νεμείης, πῆμ’ ἀνθρώποις.
ἔνθ’ ἄρ’ ὅ οἰκείων ἐλεφαίρετο φῦλ’ ἀνθρώπων,
κοιρανέων Τρητοῖο Νεμείης ἠδ’ Ἀπέσαντος:
ἀλλά ἑ ἶς ἐδάμασσε βίης Ἡρακληείης.

Κητὼ δ’ ὁπλότατον Φόρκυι φιλότητι μιγεῖσα
γείνατο δεινὸν ὄφιν, ὃς ἐρεμνῆς κεύθεσι γαίης
πείρασιν ἐν μεγάλοις παγχρύσεα μῆλα φυλάσσει.
τοῦτο μὲν ἐκ Κητοῦς καὶ Φόρκυνος γένος ἐστίν.

Heracles Anfitrionida, com o protegido de Ares Iolau,
Pela vontade de Atena despojadora.
Ela pariu Quimera, que exala invencível fogo,
Terrível, enorme, ágil e violenta.
Três eram as suas cabeças: uma de leão de olhos flamejantes,
Outra de cabra, outra de serpente, violento dragão.
Leão na parte dianteira, dragão na traseira e cabra no meio,
Exalando uma terrível e ardente chama de fogo.
Pégaso e o valente Belerofonte a perseguiram.
Esta pariu a funesta Fix, flagelo dos cadmeus,
Emprenhada por Orto, pariu o leão de Nemeia,
Ao que Hera, célebre esposa de Zeus, alimentou
E abrigou nos montes de Nemeia, calamidade para os homens:
Aí, devastava a raça dos homens residentes
E dominava Treto e Apesante em Nemeia;
Mas foi subjugado ao músculo da força de Heracles.

Ceto, em contato amoroso com Fórcis, por fim,
Gerou uma terrível serpente, oculta nas profundezas da terra,
Em seus extremos confins, guarda as maçãs de ouro.
Esta é a linhagem de Ceto e de Fórcis.

Τηθὺς δ' Ὠκεανῷ Ποταμοὺς τέκε δινήεντας,
Νεῖλόν τ' Ἀλφειόν τε καὶ Ἠριδανὸν βαθυδίνην
Στρυμόνα Μαίανδρόν τε καὶ Ἴστρον καλλιρέεθρον
Φᾶσίν τε Ῥῆσόν τ' Ἀχελώιόν τ' ἀργυροδίνην
Νέσσον τε Ῥοδίον θ' Ἁλιάκμονά θ' Ἑπτάπορόν τε
Γρήνικόν τε καὶ Αἴσηπον θεῖόν τε Σιμοῦντα
Πηνειόν τε καὶ Ἕρμον ἐυρρείτην τε Κάικον
Σαγγάριόν τε μέγαν Λάδωνά τε Παρθένιόν τε
Εὔηνόν τε καὶ Ἄρδησκον θεῖόν τε Σκάμανδρον.

τίκτε δὲ θυγατέρων ἱερὸν γένος, αἳ κατὰ γαῖαν
ἄνδρας κουρίζουσι σὺν Ἀπόλλωνι ἄνακτι
καὶ Ποταμοῖς, ταύτην δὲ Διὸς πάρα μοῖραν ἔχουσι,
Πειθώ τ' Ἀδμήτη τε Ἰάνθη τ' Ἠλέκτρη τε
Δωρίς τε Πρυμνώ τε καὶ Οὐρανίη θεοειδὴς
Ἱππώ τε Κλυμένη τε Ῥόδειά τε Καλλιρόη τε
Ζευξώ τε Κλυτίη τε Ἰδυῖά τε Πασιθόη τε
Πληξαύρη τε Γαλαξαύρη τ' ἐρατή τε Διώνη
Μηλόβοσίς τε Φόη τε καὶ εὐειδὴς Πολυδώρη
Κερκηίς τε φυὴν ἐρατὴ Πλουτώ τε βοῶπις
Περσηίς τ' Ἰάνειρά τ' Ἀκάστη τε Ξάνθη τε
Πετραίη τ' ἐρόεσσα Μενεσθώ τ' Εὐρώπη τε
Μῆτίς τ' Εὐρυνόμη τε Τελεστώ τε Κροκοπεπλος
Χρυσηίς τ' Ἀσίη τε καὶ ἱμερόεσσα Καλυψὼ
Εὐδώρη τε Τύχη τε καὶ Ἀμφιρὼ Ὠκυρόη τε

FILHOS DE TÉTIS E OCEANO. RIOS E OCEÂNIDES

Tétis com o Oceano pariu os turbulentos Rios:
Nilo, Alfeu, Erídano de profundos redemoinhos,
Estrímon, Meandro, Istro de belas correntes,
Fásis, Reso, Aquelôo de redemoinhos prateados,
Neso, Ródio, Haliacmon, Heptáporo,
Grânico, Êsepo e o divino Simoente,
Peneu, Hermo, Caico de bela corrente,
O grande Sangário, Ládon, Partênio,
Eveno, Ardesco e o divino Escamandro.

Pariu uma sagrada linhagem de filhas, que pela terra
Rejuvenescem os homens, com Apolo rei
E com os Rios, e de Zeus têm esta incumbência:
Peto, Admeta, Ianta, Electra,
Dóris, Primno, a Urânia de divino aspecto,
Hipo, Clímene, Rodeia, Calírroe,
Zeuxo, Clítia, Ídia, Pisítoa,
Plexaura, Galaxaura, a adorável Dione,
Melóbosis, Toe, a bela Polidora,
Cerceis de bela figura, Pluto de olhos bovinos,
Perseis, Ianira, Acaste, Xante,
A amorosa Petreia, Menesto, Europa,
Métis, Eurínome, Telesto de véu açafrão,
Criseida, Ásia, a desejável Calipso,
Eudora, Tique, Ânfiro, Ocírroe

καὶ Στύξ, ἣ δή σφεων προφερεστάτη ἐστὶν ἁπασέων.
αὗται δ' Ὠκεανοῦ καὶ Τηθύος ἐξεγένοντο
πρεσβύταται κοῦραι: πολλαί γε μέν εἰσι καὶ ἄλλαι.
τρὶς γὰρ χίλιαί εἰσι τανύσφυροι Ὠκεανῖναι,
αἵ ῥα πολυσπερέες γαῖαν καὶ βένθεα λίμνης
πάντη ὁμῶς ἐφέπουσι, θεάων ἀγλαὰ τέκνα.
τόσσοι δ' αὖθ' ἕτεροι ποταμοὶ καναχηδὰ ῥέοντες,
υἱέες Ὠκεανοῦ, τοὺς γείνατο πότνια Τηθύς:
τῶν ὄνομ' ἀργαλέον πάντων βροτὸν ἀνέρ' ἐνισπεῖν,
οἳ δὲ ἕκαστοι ἴσασιν, ὅσοι περιναιετάωσιν.

E, dentre todas a que vem adiante, Estige.
Estas são as que nasceram de Oceano e Tétis,
As filhas mais velhas. E ainda há muitas outras,
Pois há três mil Oceânides de finos tornozelos,
Que, muito espalhadas, a terra e as profundezas dos lagos
Por igual e no todo exploram, prole resplandecente de deusas.
E a outros tantos rios que correm estrepitosos,
Filhos do Oceano, pariu a augusta Tétis.
Difícil para um mortal dizer o nome de todos,
Mas conhecem cada um aqueles que próximos deles habitam.

θεία δ' Ἠέλιόν τε μέγαν λαμπράν τε Σελήνην
Ἠῶ θ', ἣ πάντεσσιν ἐπιχθονίοισι φαείνει
ἀθανάτοις τε θεοῖσι, τοὶ οὐρανὸν εὐρὺν ἔχουσι,
γείναθ' ὑποδμηθεῖσ' Ὑπερίονος ἐν φιλότητι.

FILHOS DE TÉIA E HIPÉRION

Teia ao grande Hélios, à brilhante Selene
E a Eos[16], que ilumina todos os seres da terra
E os imortais deuses que habitam no vasto céu,
Gerou submetida amorosamente a Hipérion.

[16] O Sol, a Lua e a Aurora.

Κρίῳ δ' Εὐρυβίν τέκεν ἐν φιλότητι μιγεῖσα
Ἀστραῖόν τε μέγαν Πάλλαντά τε δῖα θεάων
Πέρσην θ', ὃς καὶ πᾶσι μετέπρεπεν ἰδμοσύνῃσιν.

Ἀστραίῳ δ' Ἠὼς ἀνέμους τέκε καρτεροθύμους,
ἀργέστην Ζέφυρον Βορέην τ' αἰψηροκέλευθον
καὶ Νότον, ἐν φιλότητι θεὰ θεῷ εὐνηθεῖσα.
τοὺς δὲ μέτ' ἀστέρα τίκτεν Ἑωσφόρον Ἠριγένεια
ἄστρα τε λαμπετόωντα, τά τ' οὐρανὸς ἐστεφάνωται.

Στὺξ δ' ἔτεκ' Ὠκεανοῦ θυγάτηρ Πάλλαντι μιγεῖσα
Ζῆλον καὶ Νίκην καλλίσφυρον ἐν μεγάροισιν:
καὶ Κράτος ἠδὲ Βίην ἀριδείκετα γείνατο τέκνα,
τῶν οὐκ ἔστ' ἀπάνευθε Διὸς δόμος, οὐδέ τις ἕδρη,
οὐδ' ὁδός, ὅππη μὴ κείνοις θεὸς ἡγεμονεύῃ,
ἀλλ' αἰεὶ πὰρ Ζηνὶ βαρυκτύπῳ ἑδριόωνται.
ὣς γὰρ ἐβούλευσεν Στὺξ ἄφθιτος Ὠκεανίνη
ἤματι τῷ, ὅτε πάντας Ὀλύμπιος ἀστεροπητὴς
ἀθανάτους ἐκάλεσσε θεοὺς ἐς μακρὸν Ὄλυμπον,
εἶπε δ', ὃς ἂν μετὰ εἷο θεῶν Τιτῆσι μάχοιτο,
μή τιν' ἀπορραίσειν γεράων, τιμὴν δὲ ἕκαστον
ἑξέμεν, ἣν τὸ πάρος γε μετ' ἀθανάτοισι θεοῖσιν
τὸν δ' ἔφαθ', ὅστις ἄτιμος ὑπὸ Κρόνου ἠδ' ἀγέραστος,
τιμῆς καὶ γεράων ἐπιβησέμεν, ἣ θέμις ἐστίν.

FILHOS DE CRIO E EURÍBIA

Em contato amoroso com Crios, gerou Euríbia,
Divina entre as deusas, o grande Astreu, Palas
E Perses, que se distinguiu de todos os demais por sua sabedoria.

De Astreu, Eos gerou os ventos de vontade forte,
Zéfiro, que dissipa as nuvens, Bóreas de rápido andar
E Noto, em relação amorosa do deus com a deusa:
Depois, a Filha da Manhã pariu o reluzente Eósforo[17],
As brilhantes estrelas que coroam o céu.

Estige, filha do Oceano, pariu unida a Palas,
No palácio, Zelo e Vitória de belos tornozelos,
E gerou Poder e Violência, filhos notáveis.
Não estão distantes da morada de Zeus, nem há lugar algum
Nem caminho por onde o deus não os conduza,
Mas eles sempre se quedam ao lado de Zeus tonitruante.
Assim, pois, deliberou Estige, Oceânide incorruptível,
No dia quando o relampejante Olímpico a todos
Os imortais deuses convocou ao alto Olimpo
E disse que aquele dentre os deuses que lutasse contra os Titãs
Não seria privado de honras e cada atribuição
Manteria como antes entre os deuses imortais.
E assegurou que aquele desonrado por Cronos e não recompensado
Desfrutaria de atribuição e honra, como é o justo.

---

[17] A estrela vespertina.

ἦλθε δ' ἄρα πρώτη Στὺξ ἄφθιτος Οὔλυμπόνδε
σὺν σφοῖσιν παίδεσσι φίλου διὰ μήδεα πατρός.
τὴν δὲ Ζεὺς τίμησε, περισσὰ δὲ δῶρα δέδωκεν.
αὐτὴν μὲν γὰρ ἔθηκε θεῶν μέγαν ἔμμεναι ὅρκον,
παῖδας δ' ἤματα πάντα ἑοῦ μεταναιέτας εἶναι.
ὣς δ' αὔτως πάντεσσι διαμπερές, ὥς περ ὑπέστη,
ἐξετέλεσσ': αὐτὸς δὲ μέγα κρατεῖ ἠδὲ ἀνάσσει.

Veio, primeiro, a incorruptível Estige ao Olimpo
Com os filhos, por consideração a seu pai:
Zeus a honrou e lhe deu excelentes recompensas;
Pois fez dela o grande juramento constante dos deuses
E seus filhos morariam com ele para todo o sempre.
Assim como a todos prometeu, sempre
Cumpriu, ele tem grande poder e soberania.

φοίβη δ' αὖ Κοίου πολυήρατον ἦλθεν ἐς εὐνήν·
κυσαμένη δὴ ἔπειτα θεὰ θεοῦ ἐν φιλότητι
Λητὼ κυανόπεπλον ἐγείνατο, μείλιχον αἰεί,
ἤπιον ἀνθρώποισι καὶ ἀθανάτοισι θεοῖσιν,
μείλιχον ἐξ ἀρχῆς, ἀγανώτατον ἐντὸς Ὀλύμπου.
γείνατο δ' Ἀστερίην εὐώνυμον, ἥν ποτε Πέρσης
ἠγάγετ' ἐς μέγα δῶμα φίλην κεκλῆσθαι ἄκοιτιν.

FILHOS DE FEBE E CEOS

Febe visitou o leito muito atraente de Céos.
E a deusa engravidou logo do deus em amor,
Gerou Leto de véu negro, sempre doce,
Benévola aos homens e aos deuses imortais,
Doce desde o princípio e a mais amável no Olimpo.
Gerou a renomada Astéria, que Perses,
um dia, levou a sua grande morada para ser chamada de sua esposa.

ἣ δ' ὑποκυσαμένη Ἑκάτην τέκε, τὴν περὶ πάντων
Ζεὺς Κρονίδης τίμησε· πόρεν δέ οἱ ἀγλαὰ δῶρα,
μοῖραν ἔχειν γαίης τε καὶ ἀτρυγέτοιο θαλάσσης.
ἣ δὲ καὶ ἀστερόεντος ἀπ' οὐρανοῦ ἔμμορε τιμῆς
ἀθανάτοις τε θεοῖσι τετιμένη ἐστὶ μάλιστα.
καὶ γὰρ νῦν, ὅτε πού τις ἐπιχθονίων ἀνθρώπων
ἔρδων ἱερὰ καλὰ κατὰ νόμον ἱλάσκηται,
κικλῄσκει Ἑκάτην. πολλή τέ οἱ ἕσπετο τιμὴ
ῥεῖα μάλ', ᾧ πρόφρων γε θεὰ ὑποδέξεται εὐχάς,
καί τέ οἱ ὄλβον ὀπάζει, ἐπεὶ δύναμίς γε πάρεστιν.
ὅσσοι γὰρ Γαίης τε καὶ Οὐρανοῦ ἐξεγένοντο
καὶ τιμὴν ἔλαχον, τούτων ἔχει αἶσαν ἁπάντων.
οὐδέ τί μιν Κρονίδης ἐβιήσατο οὐδέ τ' ἀπηύρα,
ὅσσ' ἔλαχεν Τιτῆσι μετὰ προτέροισι θεοῖσιν,
ἀλλ' ἔχει, ὡς τὸ πρῶτον ἀπ' ἀρχῆς ἔπλετο δασμός,
καὶ γέρας ἐν γαίῃ τε καὶ οὐρανῷ ἠδὲ θαλάσσῃ·
οὐδ', ὅτι μουνογενής, ἧσσον θεὰ ἔμμορε τιμῆς,
ἀλλ' ἔτι καὶ πολὺ μᾶλλον, ἐπεὶ Ζεὺς τίεται αὐτήν.
ᾧ δ' ἐθέλει, μεγάλως παραγίγνεται ἠδ' ὀνίνησιν·
ἔν τε δίκῃ βασιλεῦσι παρ' αἰδοίοισι καθίζει,
ἔν τ' ἀγορῇ λαοῖσι μεταπρέπει, ὅν κ' ἐθέλῃσιν·
ἠδ' ὁπότ' ἐς πόλεμον φθεισήνορα θωρήσσωνται
ἀνέρες, ἔνθα θεὰ παραγίγνεται, οἷς κ' ἐθέλῃσι
νίκην προφρονέως ὀπάσαι καὶ κῦδος ὀρέξαι.
ἐσθλὴ δ' αὖθ' ὁπότ' ἄνδρες ἀεθλεύωσιν ἀγῶνι,

HINO A HÉCATE

Esta, grávida, gerou Hécate, a quem sobre todos
Zeus Crônida honrou e concedeu esplêndidas recompensas,
Ter parte na terra e no mar estéril.
Ela também partilhou a honra do céu estrelado
E é muitíssimo respeitada pelos deuses imortais.
Ainda agora, quando algum dos homens da terra
Com belos sacrifícios, segundo o costume, favorece
E invoca Hécate, grande honra obtém aquele,
Facilmente, cujas súplicas a deusa benévola aceita,
E lhe concede riquezas, já que ela tem o poder.
Pois, de quantos foram gerados de Gaia e Urano
E obtiveram honras, de todos ela possui uma parcela.
Nem a maltratou o Crônida, tampouco a privou
Do que ela recebera dos deuses anteriores, os Titãs;
Mas detém, pois a partilha foi a primeira no princípio,
Privilégio na terra, no céu e no mar,
Também, por ser filha única, ela não partilhou de menor parcela de honra,
Mas ainda muito mais, porque Zeus a estima.
A quem ela quiser, grandemente socorre e ajuda;
No julgamento, ela se assenta junto aos reis veneráveis,
Na ágora, distingue entre o povo a quem quiser;
Ou, quando se armam com couraça à guerra destruidora
Os homens, aí a deusa auxilia aos quais ela deseja
E, benévola, concede a vitória e lhe estende a glória.
Generosa quando os homens competem em jogos,

ἔνθα θεὰ καὶ τοῖς παραγίγνεται ἠδ’ ὀνίνησιν:
νικήσας δὲ βίῃ καὶ κάρτεϊ καλὸν ἄεθλον
ῥεῖα φέρει χαίρων τε, τοκεῦσι δὲ κῦδος ὀπάζει.
ἐσθλὴ δ’ ἱππήεσσι παρεστάμεν, οἷς κ’ ἐθέλῃσιν.
καὶ τοῖς, οἳ γλαυκὴν δυσπέμφελον ἐργάζονται,
εὔχονται δ’ Ἑκάτῃ καὶ ἐρικτύπῳ Ἐννοσιγαίῳ,
ῥηιδίως ἄγρην κυδρὴ θεὸς ὤπασε πολλήν,
ῥεῖα δ’ ἀφείλετο φαινομένην, ἐθέλουσά γε θυμῷ.
ἐσθλὴ δ’ ἐν σταθμοῖσι σὺν Ἑρμῇ ληίδ’ ἀέξειν:
βουκολίας δ’ ἀγέλας τε καὶ αἰπόλια πλατέ’ αἰγῶν
ποίμνας τ’ εἰροπόκων ὀίων, θυμῷ γ’ ἐθέλουσα,
ἐξ ὀλίγων βριάει κἀκ πολλῶν μείονα θῆκεν.
οὕτω τοι καὶ μουνογενὴς ἐκ μητρὸς ἐοῦσα
πᾶσι μετ’ ἀθανάτοισι τετίμηται γεράεσσιν.
θῆκε δέ μιν Κρονίδης κουροτρόφον, οἳ μετ’ ἐκείνην
ὀφθαλμοῖσιν ἴδοντο φάος πολυδερκέος Ἠοῦς.
οὕτως ἐξ ἀρχῆς κουροτρόφος, αἳ δέ τε τιμαί.

Aí, a deusa também auxilia e ajuda,
E vencendo pela força e poder belo prêmio
Facilmente carrega e, contente, proporciona glória aos progenitores.
Generosa, auxilia dentre os cavaleiros a quem deseja,
E aos que trabalham no cinzento mar tempestuoso
E suplicam a Hécate e ao ressonante Enosígeo[18],
Facilmente a ilustre deusa lhes concede pesca abundante
E facilmente, revelando-se, interrompe-a, se assim desejar sua vontade.
Generosa, com Hermes no estábulo aumenta
O rebanho, as manadas de bois, os extensos rebanhos de cabras
E os rebanhos de ovelhas lanosas, se assim desejar sua coração,
Ao pouco acrescenta e ao muito torna pouco.
Assim, ainda que seja filha única de sua mãe,
É distinguida com todo respeito entre os Imortais.
O Crônida a fez ama daqueles que depois dela
Viram, com os olhos, a luz da mui resplandecente Aurora.
Assim, desde o princípio, é ama e estas são as atribuições.

[18] O que treme a terra — uma das classificações pela qual Poseidon era conhecido.

Ῥείη δὲ δμηθεῖσα Κρόνῳ τέκε φαίδιμα τέκνα,
Ἱστίην Δήμητρα καὶ Ἥρην χρυσοπέδιλον
ἴφθιμόν τ' Ἀίδην, ὃς ὑπὸ χθονὶ δώματα ναίει
νηλεὲς ἦτορ ἔχων, καὶ ἐρίκτυπον Ἐννοσίγαιον
Ζῆνά τε μητιόεντα, θεῶν πατέρ' ἠδὲ καὶ ἀνδρῶν,
τοῦ καὶ ὑπὸ βροντῆς πελεμίζεται εὐρεῖα χθών.
καὶ τοὺς μὲν κατέπινε μέγας Κρόνος, ὥς τις ἕκαστος
νηδύος ἐξ ἱερῆς μητρὸς πρὸς γούναθ' ἵκοιτο,
τὰ φρονέων, ἵνα μή τις ἀγαυῶν Οὐρανιώνων
ἄλλος ἐν ἀθανάτοισιν ἔχοι βασιληίδα τιμήν.
πεύθετο γὰρ Γαίης τε καὶ Οὐρανοῦ ἀστερόεντος,
οὕνεκά οἱ πέπρωτο ἑῷ ὑπὸ παιδὶ δαμῆναι
καὶ κρατερῷ περ ἐόντι, Διὸς μεγάλου διὰ βουλάς:
τῷ ὅ γ' ἄρ' οὐκ ἀλαὸς σκοπιὴν ἔχεν, ἀλλὰ δοκεύων
παῖδας ἑοὺς κατέπινε: Ῥέην δ' ἔχε πένθος ἄλαστον.
ἀλλ' ὅτε δὴ Δί' ἔμελλε θεῶν πατέρ' ἠδὲ καὶ ἀνδρῶν
τέξεσθαι, τότ' ἔπειτα φίλους λιτάνευε τοκῆας
τοὺς αὐτῆς, Γαῖάν τε καὶ Οὐρανὸν ἀστερόεντα,
μῆτιν συμφράσσασθαι, ὅπως λελάθοιτο τεκοῦσα
παῖδα φίλον, τίσαιτο δ' ἐρινῦς πατρὸς ἑοῖο
παίδων θ', οὓς κατέπινε μέγας Κρόνος ἀγκυλομήτης.
οἱ δὲ θυγατρὶ φίλῃ μάλα μὲν κλύον ἠδ' ἐπίθοντο,
καί οἱ πεφραδέτην, ὅσα περ πέπρωτο γενέσθαι
ἀμφὶ Κρόνῳ βασιλῆι καὶ υἱέι καρτεροθύμῳ.

FILHOS DE REIA E CRONOS

Reia, submetida a Cronos, gerou filhos ilustres:
Héstia, Deméter, Hera de áureas sandálias,
O forte Hades que habita, sob a terra, uma morada
Com coração implacável, o ressonante Enosígeo
E o prudente Zeus, pai dos deuses e dos homens,
Por cujo trovão sacode a vasta terra.
E o grande Cronos os devorou, assim que cada um
Era posto, desde o ventre sagrado da mãe, sobre seus joelhos
Concebendo isto para que nenhum dos ilustres Urânidas
Tivesse honra real entre os Imortais.
Pois soube por Gaia e pelo estrelado
Urano que era seu destino ser subjugado por um filho,
Por mais poderoso que fosse, pela vontade do grande Zeus.
E não mantinha descuidada vigilância, mas, aguardando,
Devorava seus filhos; Reia tendo insuportável dor.
Mas quando a Zeus, pai dos deuses e homens,
Ela estava a parir, então suplicou aos amados pais
Seus, Gaia e o estrelado Urano,
Para elaborarem um plano, a fim de que ela parisse secretamente
O filho, e pelas Erínias[19] do pai fosse punido
O grande Cronos de mente distorcida que aos filhos devorou.
Aqueles escutaram atentamente sua filha e a obedeceram;
Explanaram-lhe o que estava destinado a ocorrer
Ao rei Cronos e ao filho de vontade poderosa.

---

[19] Deusas da vingança.

πέμψαν δ᾽ ἐς Λύκτον, Κρήτης ἐς πίονα δῆμον,
ὁππότ᾽ ἄρ᾽ ὁπλότατον παίδων τέξεσθαι ἔμελλε,
Ζῆνα μέγαν: τὸν μέν οἱ ἐδέξατο Γαῖα πελώρη
Κρήτῃ ἐν εὐρείῃ τραφέμεν ἀτιταλλέμεναί τε.
ἔνθα μιν ἷκτο φέρουσα θοὴν διὰ νύκτα μέλαιναν
πρώτην ἐς Λύκτον: κρύψεν δέ ἑ χερσὶ λαβοῦσα
ἄντρῳ ἐν ἠλιβάτῳ, ζαθέης ὑπὸ κεύθεσι γαίης,
Αἰγαίῳ ἐν ὄρει πεπυκασμένῳ ὑλήεντι.
τῷ δὲ σπαργανίσασα μέγαν λίθον ἐγγυάλιξεν
Οὐρανίδῃ μέγ᾽ ἄνακτι, θεῶν προτέρῳ βασιλῆι.
τὸν τόθ᾽ ἑλὼν χείρεσσιν ἑὴν ἐσκάτθετο νηδὺν
σχέτλιος: οὐδ᾽ ἐνόησε μετὰ φρεσίν, ὥς οἱ ὀπίσσω
ἀντὶ λίθου ἑὸς υἱὸς ἀνίκητος καὶ ἀκηδὴς
λείπεθ᾽, ὅ μιν τάχ᾽ ἔμελλε βίῃ καὶ χερσὶ δαμάσσας
τιμῆς ἐξελάειν, ὃ δ᾽ ἐν ἀθανάτοισι ἀνάξειν.
καρπαλίμως δ᾽ ἄρ᾽ ἔπειτα μένος καὶ φαίδιμα γυῖα
ηὔξετο τοῖο ἄνακτος: ἐπιπλομένων δ᾽ ἐνιαυτῶν
Γαίης ἐννεσίῃσι πολυφραδέεσσι δολωθεὶς
ὃν γόνον ἂψ ἀνέηκε μέγας Κρόνος ἀγκυλομήτης
νικηθεὶς τέχνῃσι βίηφί τε παιδὸς ἑοῖο.
πρῶτον δ᾽ ἐξέμεσεν λίθον, ὃν πύματον κατέπινεν:
τὸν μὲν Ζεὺς στήριξε κατὰ χθονὸς εὐρυοδείης
Πυθοῖ ἐν ἠγαθέῃ γυάλοις ὕπο Παρνησοῖο
σῆμ᾽ ἔμεν ἐξοπίσω, θαῦμα θνητοῖσι βροτοῖσιν.
λῦσε δὲ πατροκασιγνήτους ὀλοῶν ὑπὸ δεσμῶν
Οὐρανίδας, οὓς δῆσε πατὴρ ἀεσιφροσύνῃσιν:

E a enviaram a Lictos, um fértil povoado de Creta,
Quando ela estava a ponto de parir o mais novo dos filhos,
O grande Zeus. A este acolheu a prodigiosa Gaia
Para nutri-lo e educá-lo na fecunda Creta.
Aí, levando-o através da rápida noite negra,
Primeiramente, a Lictos. Tomando-o nas mãos, ocultou-o
Numa gruta inacessível, sob as entranhas da terra divina,
No monte Egeu de espessa floresta.
Envolvendo nas fraldas uma pedra enorme, ofereceu-a
Ao grande soberano Urânida, rei dos primeiros deuses.
Então, agarrando-a com suas mãos, introduziu-a no estômago
O desgraçado, que nem considerou em seu coração que, a troco
De uma pedra, no futuro, a seu invencível e imperturbável filho
Deixava, o qual, rapidamente, vencendo-o com força e mãos,
Expulsaria-o da honra e reinaria entre os Imortais.
Rapidamente, o ardor e os magníficos membros
Do soberano cresceram. E, a cabo de um ano,
Enganado pelas hábeis invenções de Gaia,
Pôs para fora novamente a prole o poderoso Cronos de mente distorcida,
Derrotado pelo engenho e força do filho.
Primeiro vomitou a pedra, a última coisa digerida;
E Zeus a cravou sobre a vasta terra,
Na divina Pítia, nos vales ao pé do Parnaso,
Sinal para a posteridade, maravilha para os homens mortais.
Libertou os tios paternos[20] de seus dolorosos grilhões:
Urânidas, aos quais seu pai insensatamente aprisionou;

[20] Brontes, Estéropes e Arges de vontade violenta,

οἳ οἱ ἀπεμνήσαντο χάριν εὐεργεσιάων,
δῶκαν δὲ βροντὴν ἠδ’ αἰθαλόεντα κεραυνὸν
καὶ στεροπήν: τὸ πρὶν δὲ πελώρη Γαῖα κεκεύθει:
τοῖς πίσυνος θνητοῖσι καὶ ἀθανάτοισιν ἀνάσσει.

Aqueles, lembrando-se do favor recebido,
Deram-lhe o trovão, o raio fumegante
E o relâmpago; os quais, antes, a fértil Gaia escondia.
Por eles governa, com segurança, mortais e imortais.

κούρην δ' Ἰαπετὸς καλλίσφυρον Ὠκεανίνην
ἠγάγετο Κλυμένην καὶ ὁμὸν λέχος εἰσανέβαινεν.
ἣ δέ οἱ Ἄτλαντα κρατερόφρονα γείνατο παῖδα:
τίκτε δ' ὑπερκύδαντα Μενοίτιον ἠδὲ Προμηθέα
ποικίλον αἰολόμητιν, ἁμαρτίνοόν τ' Ἐπιμηθέα
ὃς κακὸν ἐξ ἀρχῆς γένετ' ἀνδράσιν ἀλφηστῇσιν:
πρῶτος γάρ ῥα Διὸς πλαστὴν ὑπέδεκτο γυναῖκα
παρθένον. ὑβριστὴν δὲ Μενοίτιον εὐρύοπα Ζεὺς
εἰς Ἔρεβος κατέπεμψε βαλὼν ψολόεντι κεραυνῷ
εἵνεκ' ἀτασθαλίης τε καὶ ἠνορέης ὑπερόπλου.
Ἄτλας δ' οὐρανὸν εὐρὺν ἔχει κρατερῆς ὑπ' ἀνάγκης
πείρασιν ἐν γαίης, πρόπαρ Εσπερίδων λιγυφώνων,
ἑστηὼς κεφαλῇ τε καὶ ἀκαμάτῃσι χέρεσσιν:
ταύτην γάρ οἱ μοῖραν ἐδάσσατο μητίετα Ζεύς.
δῆσε δ' ἀλυκτοπέδῃσι Προμηθέα ποικιλόβουλον
δεσμοῖς ἀργαλέοισι μέσον διὰ κίον' ἐλάσσας:
καί οἱ ἐπ' αἰετὸν ὦρσε τανύπτερον: αὐτὰρ ὅ γ' ἧπαρ
ἤσθιεν ἀθάνατον, τὸ δ' ἀέξετο ἶσον ἁπάντη
νυκτός ὅσον πρόπαν ἦμαρ ἔδοι τανυσίπτερος ὄρνις.
τὸν μὲν ἄρ' Ἀλκμήνης καλλισφύρου ἄλκιμος υἱὸς
Ἡρακλέης ἔκτεινε, κακὴν δ' ἀπὸ νοῦσον ἄλαλκεν
Ἰαπετιονίδῃ καὶ ἐλύσατο δυσφροσυνάων
οὐκ ἀέκητι Ζηνὸς Ὀλυμπίου ὑψιμέδοντος,
ὄφρ' Ἡρακλῆος Θηβαγενέος κλέος εἴη
πλεῖον ἔτ' ἢ τὸ πάροιθεν ἐπὶ χθόνα πουλυβότειραν.

FILHOS DE JAPETO E CLÍMENE

Japeto à virgem Oceânide de belos tornozelos
Desposou, Clímene, e se deitaram no mesmo leito.
Esta gerou um filho, Atlas de vontade violenta,
Pariu o muito ilustre Menécio, Prometeu,
Artificioso e astuto, e o estúpido Epimeteu,
Que, desde o começo, trouxe males aos homens que se alimentam de pão.
Pois ele foi o primeiro a receber, modelada por Zeus, a mulher
Virgem. Ao orgulhoso Menécio Zeus de vasta visão
Precipitou do Érebo, atirando-o raio fumegante,
Por sua presunção e virilidade arrogante.
Atlas sustém o vasto céu sob violenta tortura,
Nos confins da terra, diante das Hespérides de voz harmoniosa,
Apoiando-o em sua cabeça e nos braços incansáveis;
Pois este destino lhe designou o prudente Zeus.
Atou com inquebrantáveis amarras Prometeu pleno de idéias,
Grilhões dolorosos passados em meio a uma coluna,
E sobre ele instigou uma águia de largas asas. Esta o fígado
Imortal comia, regenerando-se nas mesmas proporções,
Durante a noite, o comido de dia pela ave de largas asas.
O forte filho de Alcmena de belos tornozelos,
Heracles, a matou e repeliu o horrível sofrimento
Do filho de Japeto, libertando-o de seu tormento,
Não sem o consentimento do soberano Zeus Olímpico,
Para que a fama de Heracles Tebano fosse
Maior do que antes sobre a fecunda terra.

ταῦτ’ ἄρα ἁζόμενος τίμα ἀριδείκετον υἱόν:
καί περ χωόμενος παύθη χόλου, ὃν πρὶν ἔχεσκεν,
οὕνεκ’ ἐρίζετο βουλὰς ὑπερμενέι Κρονίωνι.

Com estes cuidados honrou seu notável filho e,
Ainda que estivesse irritado, mitigou-lhe a cólera que possuía
Contra aquele que desafiou a vontade do muito poderoso Crônida.

καὶ γὰρ ὅτ’ ἐκρίνοντο θεοὶ θνητοί τ’ ἄνθρωποι
Μηκώνῃ, τότ’ ἔπειτα μέγαν βοῦν πρόφρονι θυμῷ
δασσάμενος προέθηκε, Διὸς νόον ἐξαπαφίσκων.
τοῖς μὲν γὰρ σάρκας τε καὶ ἔγκατα πίονα δημῷ
ἐν ῥινῷ κατέθηκε καλύψας γαστρὶ βοείῃ,
τῷ δ’ αὖτ’ ὀστέα λευκὰ βοὸς δολίῃ ἐπὶ τέχνῃ
εὐθετίσας κατέθηκε καλύψας ἀργέτι δημῷ.
δὴ τότε μιν προσέειπε πατὴρ ἀνδρῶν τε θεῶν τε:

Ἰαπετιονίδη, πάντων ἀριδείκετ’ ἀνάκτων,
ὦ πέπον, ὡς ἑτεροζήλως διεδάσσαο μοίρας.

ὣς φάτο κερτομέων Ζεὺς ἄφθιτα μήδεα εἰδώς.
τὸν δ’ αὖτε προσέειπε Προμηθεὺς ἀγκυλομήτης
ἦκ’ ἐπιμειδήσας, δολίης δ’ οὐ λήθετο τέχνης:

ζεῦ κύδιστε μέγιστε θεῶν αἰειγενετάων,
τῶν δ’ ἕλε’, ὁπποτέρην σε ἐνὶ φρεσὶ θυμὸς ἀνώγει.
Φῆ ῥα δολοφρονέων: Ζεὺς δ’ ἄφθιτα μήδεα εἰδὼς
γνῶ ῥ’ οὐδ’ ἠγνοίησε δόλον: κακὰ δ’ ὄσσετο θυμῷ
θνητοῖς ἀνθρώποισι, τὰ καὶ τελέεσθαι ἔμελλεν.
χερσὶ δ’ ὅ γ’ ἀμφοτέρῃσιν ἀνείλετο λευκὸν ἄλειφαρ.
χώσατο δὲ φρένας ἀμφί, χόλος δέ μιν ἵκετο θυμόν,

MITO DE PROMETEU. CRIAÇÃO DA MULHER

Enquanto os deuses e homens mortais litigavam
Em Mecona, com ânimo resoluto, um enorme boi ele[21]
Ofertou dividindo, tentando enganar a inteligência de Zeus.
Pois à carne e às gordas vísceras com banha
Sob a pele guardou, ocultas no ventre do boi,
E, aos brancos ossos do boi, com astúcia enganadora,
Ordenou, cobrindo-os, ocultos, com brilhante gordura.
Então se dirigiu a ele o pai dos homens e deuses:

"Filho de Japeto, notável entre todos os soberanos,
Ó amável, com que parcimônia dividiste as partes de cada um!"

Assim falou, zombando, Zeus conhecedor dos desígnios imortais.
E respondeu-lhe Prometeu de curvo pensar,
Sorrindo de leve, não se esquecendo de sua astúcia enganadora:

"Zeus, o mais ilustre e poderoso dos deuses sempiternos,
Pega dentre os dois aquele que, em seu âmago, dita a vontade."
Falou, pois, com pensamentos enganadores. Zeus, conhecedor dos desígnios imortais,
Soube e não ignorava o engano; mas antevia em seu espírito males
Aos homens mortais, aos quais deveriam se realizar.
Com ambas as mãos apanhou a branca gordura.
Irritou-se em seu íntimo, a cólera alcançou-lhe o espírito,

[21] Prometeu.

ὣς ἴδεν ὀστέα λευκὰ βοὸς δολίῃ ἐπὶ τέχνῃ.
ἐκ τοῦ δ' ἀθανάτοισιν ἐπὶ χθονὶ φῦλ' ἀνθρώπων
καίουσ' ὀστέα λευκὰ θυηέντων ἐπὶ βωμῶν.
τὸν δὲ μέγ' ὀχθήσας προσέφη νεφεληγερέτα Ζεύς:

'Ιαπετιονίδη, πάντων πέρι μήδεα εἰδώς,
ὦ πέπον, οὐκ ἄρα πω δολίης ἐπιλήθεο τέχνης.

ὣς φάτο χωόμενος Ζεὺς ἄφθιτα μήδεα εἰδώς:
ἐκ τούτου δὴ ἔπειτα δόλου μεμνημένος αἰεὶ
οὐκ ἐδίδου Μελίῃσι πυρὸς μένος ἀκαμάτοιο
θνητοῖς ἀνθρώποις, οἳ ἐπὶ χθονὶ ναιετάουσιν.
ἀλλά μιν ἐξαπάτησεν ἐὺς πάις 'Ιαπετοῖο
κλέψας ἀκαμάτοιο πυρὸς τηλέσκοπον. αὐγὴν
ἐν κοΐλῳ νάρθηκι: δάκεν δέ ἑ νειόθι θυμόν,
Ζῆν' ὑψιβρεμέτην, ἐχόλωσε δέ μιν φίλον ἦτορ,
ὡς ἴδ' ἐν ἀνθρώποισι πυρὸς τηλέσκοπον αὐγήν.
αὐτίκα δ' ἀντὶ πυρὸς τεῦξεν κακὸν ἀνθρώποισιν:
γαίης γὰρ σύμπλασσε περικλυτὸς Ἀμφιγυήεις
παρθένῳ αἰδοίῃ ἴκελον Κρονίδεω διὰ βουλάς.
ζῶσε δὲ καὶ κόσμησε θεὰ γλαυκῶπις Ἀθήνη
ἀργυφέῃ ἐσθῆτι: κατὰ κρῆθεν δὲ καλύπτρην
δαιδαλέην χείρεσσι κατέσχεθε, θαῦμα ἰδέσθαι:
ἀμφὶ δέ οἱ στεφάνους, νεοθηλέος ἄνθεα ποίης,
ἱμερτοὺς περίθηκε καρήατι Παλλὰς Ἀθήνη.
ἀμφὶ δέ οἱ στεφάνην χρυσέην κεφαλῆφιν ἔθηκε,
τὴν αὐτὸς ποίησε περικλυτὸς Ἀμφιγυήεις

Quando viu os brancos ossos do boi sob astúcia enganadora.
Desde então, a estirpe dos homens sobre a terra aos imortais
Queimam brancos ossos nos olorosos altares.
E àquele disse Zeus cumulador de nuvens, grandemente indignado:

"Filho de Japeto, de tudo conhecedor dos desígnios,
Ó amável, não esqueceste de tua astúcia enganadora!"

Assim encolerizado disse Zeus, conhecedor dos desígnios imortais.
Desde então, lembrou-se sempre deste engano
E não deu o ardor infatigável do fogo nos freixos
Para os homens mortais que habitam sobre a terra.
Mas o enganou o bom filho de Japeto,
Escondendo o brilho que se vê de longe do fogo infatigável
Em um bastão oco. Então, feriu profundamente o espírito
De Zeus tonitruante e irritou-se em seu coração
Quando avistou entre os homens o brilho que se vê de longe do fogo.
E, em troca do fogo, preparou um mal para os homens:
Modelou a terra o ilustre Coxo
Semelhante a pudica donzela, por vontade do Crônida.
A deusa Atena de olhos glaucos cingiu-a e a adornou
Com um vestido de resplandecente brancura; cobriu-a desde a cabeça
Com um véu bordado por suas próprias mãos, maravilha de se ver;
E com coroas de erva fresca trançada com flores,
Atraentes, rodeou Palas Atena suas têmporas.
Em sua cabeça colocou uma coroa de ouro
Que o próprio ilustre Coxo cinzelou,

ἀσκήσας παλάμῃσι, χαριζόμενος Διὶ πατρί.
τῇ δ' ἐνὶ δαίδαλα πολλὰ τετεύχατο, θαῦμα ἰδέσθαι,
κνώδαλ', ὅσ' ἤπειρος πολλὰ τρέφει ἠδὲ θάλασσα,
τῶν ὅ γε πόλλ' ἐνέθηκε,—χάρις δ' ἀπελάμπετο πολλή,—
θαυμάσια, ζῴοισιν ἐοικότα φωνήεσσιν.

αὐτὰρ ἐπεὶ δὴ τεῦξε καλὸν κακὸν ἀντ' ἀγαθοῖο.
ἐξάγαγ', ἔνθα περ ἄλλοι ἔσαν θεοὶ ἠδ' ἄνθρωποι,
κόσμῳ ἀγαλλομένην γλαυκώπιδος ὀβριμοπάτρης.
θαῦμα δ' ἔχ' ἀθανάτους τε θεοὺς θνητούς τ' ἀνθρώπους,
ὡς εἶδον δόλον αἰπύν, ἀμήχανον ἀνθρώποισιν.

ἐκ τῆς γὰρ γένος ἐστὶ γυναικῶν θηλυτεράων,
τῆς γὰρ ὀλώιόν ἐστι γένος καὶ φῦλα γυναικῶν,
πῆμα μέγ' αἳ θνητοῖσι μετ' ἀνδράσι ναιετάουσιν
οὐλομένης πενίης οὐ σύμφοροι, ἀλλὰ κόροιο.
ὡς δ' ὁπότ' ἐν σμήνεσσι κατηρεφέεσσι μέλισσαι
κηφῆνας βόσκωσι, κακῶν ξυνήονας ἔργων—
αἳ μέν τε πρόπαν ἦμαρ ἐς ἠέλιον καταδύντα
ἠμάτιαι σπεύδουσι τιθεῖσί τε κηρία λευκά,
οἳ δ' ἔντοσθε μένοντες ἐπηρεφέας κατὰ σίμβλους
ἀλλότριον κάματον σφετέρην ἐς γαστέρ' ἀμῶνται—
ὣς δ' αὔτως ἄνδρεσσι κακὸν θνητοῖσι γυναῖκας
Ζεὺς ὑψιβρεμέτης θῆκεν, ξυνήονας ἔργων
ἀργαλέων: ἕτερον δὲ πόρεν κακὸν ἀντ' ἀγαθοῖο:
ὅς κε γάμον φεύγων καὶ μέρμερα ἔργα γυναικῶν
μὴ γῆμαι ἐθέλῃ, ὀλοὸν δ' ἐπὶ γῆρας ἵκοιτο

Trabalhando manualmente, agradando ao pai Zeus.
Nele gravou muitos ornamentos, maravilhas de se ver,
Monstros terríveis que o continente e o mar nutrem;
Muitos deles pôs — em todos se manifestava a beleza —,
Maravilhosos, quais seres vivos dotados de voz.

Após preparar com beleza o mal, em troca de um bem,
Conduziu-a onde estavam os demais deuses e os homens,
Enfeitada com adorno pela deusa de olhos glaucos de pai poderoso.
E um estupor se apoderou dos deuses imortais e dos homens mortais
Quando viram o escarpado engano, irresistível para os homens.

Dela descende a estirpe de mulheres femininas;
Dela descende a funesta estirpe e gênero das mulheres;
Grande desgraça que habita entre os homens mortais,
Não afeitas à funesta pobreza, mas à saciedade.
Assim como quando nas colméias abobadas, as abelhas
Alimentam os zangões, agregados a más obras;
Aquelas, durante todo o dia, até o sol se pôr,
Diurnas, trabalham e produzem os brancos favos de mel,
Enquanto aqueles aguardam dentro, sob abrigo da colméia,
E recolhem em seu ventre o esforço alheio;
Assim, como mal para os homens mortais, as mulheres
Fez Zeus tonitruante, agregadas a obras
Terríveis. Outro mal lhes concebeu em troca de um bem:
Aquele que, fugindo do matrimônio e das inquietantes obras das mulheres,
Não desejar se casar, alcança a funesta velhice

χήτεϊ γηροκόμοιο: ὅ γ’ οὐ βιότου ἐπιδευὴς
ζώει, ἀποφθιμένου δὲ διὰ κτῆσιν δατέονται
χηρωσταί: ᾧ δ’ αὖτε γάμου μετὰ μοῖρα γένηται,
κεδνὴν δ’ ἔσχεν ἄκοιτιν ἀρηρυῖαν πραπίδεσσι,
τῷ δέ τ’ ἀπ’ αἰῶνος κακὸν ἐσθλῷ ἀντιφερίζει
ἐμμενές: ὃς δέ κε τέτμῃ ἀταρτηροῖο γενέθλης,
ζώει ἐνὶ στήθεσσιν ἔχων ἀλίαστον ἀνίην
θυμῷ καὶ κραδίῃ, καὶ ἀνήκεστον κακόν ἐστιν.

ὣς οὐκ ἔστι Διὸς κλέψαι νόον οὐδὲ παρελθεῖν.
οὐδὲ γὰρ Ἰαπετιονίδης ἀκάκητα Προμηθεὺς
τοῖό γ’ ὑπεξήλυξε βαρὺν χόλον, ἀλλ’ ὑπ’ ἀνάγκης
καὶ πολύιδριν ἐόντα μέγας κατὰ δεσμὸς ἐρύκει.

Carente de auxílio, este com alimento insuficiente não
Viverá, mas, ao morrer, repartirão suas posses
Parentes afastados. Àquele que o fado do matrimônio alcança
E consegue ter uma esposa sensata e adornada de sabedoria,
Este, durante toda a vida, o mal se equivale ao bem
Constantemente. A quem sobrevir uma de funesta raça,
Vive incessante aflição no peito,
No espírito e no coração; e seu mal é incurável.

Assim, não é possível enganar nem evitar a vontade de Zeus;
Pois nem o filho de Japeto, o benevolente Prometeu,
Livrou-se de sua poderosa cólera, mas, sob tortura,
Apesar de astuto, enorme grilhão o detém.

Βριάρεῳ δ᾽ ὡς πρῶτα πατὴρ ὠδύσσατο θυμῷ
Κόττῳ τ᾽ ἠδὲ Γύῃ, δῆσεν κρατερῷ ἐνὶ δεσμῷ
ἠνορέην ὑπέροπλον ἀγώμενος ἠδὲ καὶ εἶδος
καὶ μέγεθος: κατένασσε δ᾽ ὑπὸ χθονὸς εὐρυοδείης.
ἔνθ᾽ οἵ γ᾽ ἄλγε᾽ ἔχοντες ὑπὸ χθονὶ ναιετάοντες
εἵατ᾽ ἐπ᾽ ἐσχατιῇ, μεγάλης ἐν πείρασι γαίης,
δηθὰ μάλ᾽ ἀχνύμενοι, κραδίῃ μέγα πένθος ἔχοντες.
ἀλλά σφεας Κρονίδης τε καὶ ἀθάνατοι θεοὶ ἄλλοι,
οὓς τέκεν ἠύκομος Ῥείη Κρόνου ἐν φιλότητι,
Γαίης φραδμοσύνῃσιν ἀνήγαγον ἐς φάος αὖτις:
αὐτὴ γάρ σφιν ἅπαντα διηνεκέως κατέλεξε
σὺν κείνοις νίκην τε καὶ ἀγλαὸν εὖχος ἀρέσθαι.
δηρὸν γὰρ μάρναντο πόνον θυμαλγέ᾽ ἔχοντες
Τιτῆνές τε θεοὶ καὶ ὅσοι Κρόνου ἐξεγένοντο,
ἀντίον ἀλλήλοισι διὰ κρατερὰς ὑσμίνας,
οἱ μὲν ἀφ᾽ ὑψηλῆς Ὄθρυος Τιτῆνες ἀγαυοί,
οἱ δ᾽ ἄρ᾽ ἀπ᾽ Οὐλύμποιο θεοί, δωτῆρες ἐάων,
οὓς τέκεν ἠύκομος Ῥείη Κρόνῳ εὐνηθεῖσα.
οἵ ῥα τότ᾽ ἀλλήλοισι χόλον θυμαλγέ᾽ ἔχοντες
συνεχέως ἐμάχοντο δέκα πλείους ἐνιαυτούς:
οὐδέ τις ἦν ἔριδος χαλεπῆς λύσις οὐδὲ τελευτὴ
οὐδετέροις, ἶσον δὲ τέλος τέτατο πτολέμοιο.
ἀλλ᾽ ὅτε δὴ κείνοισι παρέσχεθεν ἄρμενα πάντα,
νέκταρ τ᾽ ἀμβροσίην τε, τά περ θεοὶ αὐτοὶ ἔδουσι,
πάντων ἐν στήθεσσιν ἀέξετο θυμὸς ἀγήνωρ.

TITANOMAQUIA

Logo quando o pai se irritou, em seu interior,
Com Briareu, Coto e Giges, atou-os com poderoso grilhão,
Receoso de sua arrogante força, seu aspecto
E grandeza, e os fez habitar sob a vasta terra.
Lá, aqueles, entre tormentos, morando sob a terra,
Permaneceram nos grandes confins da vasta terra
Por muito tempo aflitos, com o coração tomado de grande dor.
Mas o Crônida e os outros deuses imortais
Gerados por Reia de belos cabelos em amor com Cronos
Conduziram-nos novamente à luz, aconselhados por Gaia.
Pois esta lhes explicou com todos os detalhes que,
Com aqueles, obteriam vitória e esplendorosa fama.
Há muito tempo que lutavam, suportando dolorosa fadiga,
Uns contra os outros em violentos embates,
Os deuses Titãs e os nascidos de Cronos;
Aqueles, do alto Otris, os ilustres Titãs,
E os outros, sobre o Olimpo, os deuses provedores de bens
Que Reia de belos cabelos em conúbio com Cronos pariu.
Atracados uns aos outros em dolorosa luta,
Combatiam continuamente há dez anos completos,
E não havia solução para a penosa discórdia
Nem final em nenhuma das partes, mas o desfecho da guerra permanecia indefinido.
Mas quando ofertou àqueles todos os alimentos,
Néctar e ambrosia, os quais apenas os deuses comem,
Cresceu no peito de todos arrogante desejo.

ὡς νέκταρ τ᾽ ἐπάσαντο καὶ ἀμβροσίην ἐρατεινήν,
δὴ τότε τοῖς μετέειπε πατὴρ ἀνδρῶν τε θεῶν τε:

κέκλυτε μευ, Γαίης τε καὶ Οὐρανοῦ ἀγλαὰ τέκνα,
ὄφρ᾽ εἴπω, τά με θυμὸς ἐνὶ στήθεσσι κελεύει.
ἤδη γὰρ μάλα δηρὸν ἐναντίοι ἀλλήλοισι
νίκης καὶ κράτεος πέρι μαρνάμεθ᾽ ἤματα πάντα
Τιτῆνές τε θεοὶ καὶ ὅσοι Κρόνου ἐκγενόμεσθα.
ὑμεῖς δὲ μεγάλην τε βίην καὶ χεῖρας ἀάπτους
φαίνετε Τιτήνεσσιν ἐναντίοι ἐν δαΐ λυγρῇ
μνησάμενοι φιλότητος ἐνηέος, ὅσσα παθόντες
ἐς φάος ἂψ ἀφίκεσθε δυσηλεγέος ὑπὸ δεσμοῦ
ἡμετέρας διὰ βουλὰς ὑπὸ ζόφου ἠερόεντος.
ὣς φάτο: τὸν δ᾽ ἐξαῦτις ἀμείβετο Κόττος ἀμύμων:

Δαιμόνι᾽, οὐκ ἀδάητα πιφαύσκεαι: ἀλλὰ καὶ αὐτοὶ
ἴδμεν, ὅ τοι περὶ μὲν πραπίδες, περὶ δ᾽ ἐστὶ νόημα,
ἀλκτὴρ δ᾽ ἀθανάτοισιν ἀρῆς γένεο κρυεροῖο.
σῇσι δ᾽ ἐπιφροσύνῃσιν ὑπὸ ζόφου ἠερόεντος
ἄψορρον δ᾽† ἐξαῦτις ἀμειλίκτων ὑπὸ δεσμῶν
ἠλύθομεν, Κρόνου υἱὲ ἄναξ, ἀνάελπτα παθόντες.
τῷ καὶ νῦν ἀτενεῖ τε νόῳ καὶ ἐπίφρονι βουλῇ
ῥυσόμεθα κράτος ὑμὸν ἐν αἰνῇ δηϊοτῆτι
μαρνάμενοι Τιτῆσιν ἀνὰ κρατερὰς ὑσμίνας.

ὣς φάτ᾽: ἐπήνεσσαν δὲ θεοί, δωτῆρες ἐάων,
μῦθον ἀκούσαντες: πολέμου δ᾽ ἐλιλαίετο θυμὸς

Quando provaram o néctar e a adorável ambrosia,
Então, disse-lhes o pai dos homens e deuses:

"Escutai-me, ilustres filhos de Gaia e Urano,
Para que eu vos diga o que me ordena o ânimo em meu peito!
Pois já por muito tempo nós nos enfrentamos lutando,
Todos os dias combatemos pela vitória e pelo poder,
Os deuses Titãs e os nascidos de Cronos.
Vós vossa grande violência e braços temíveis
Mostrardes contra os Titãs em funesta luta,
Recordando a doce amizade, e como sofrerdes,
Agrilhoados cruelmente, antes de novo verdes a luz,
De sob as trevas obscuras, por nossa decisão."
Assim disse. Por sua vez, respondeu o irrepreensível Coto:

"Divino! Não nos revelas o desconhecido, mas nós também
Sabemos que possuis espírito em demasia, demasiada inteligência,
Paladino fostes a proteger os imortais de horrível castigo.
Por tua sabedoria de sob as trevas obscuras
Regressamos dos inexoráveis grilhões,
Voltando, soberano filho de Cronos, de desesperadores tormentos.
Também agora, com coração firme e prudente vontade,
Defenderemos teu poder em batalha terrível
Lutando contra os Titãs em violentos combates."

Assim falou. Aprovaram os deuses provedores de bens
Ao escutarem suas palavras; seus espíritos ansiavam pela guerra

μᾶλλον ἔτ’ ἢ τὸ πάροιθε: μάχην δ’ ἀμέγαρτον ἔγειραν
πάντες, θήλειαι τε καὶ ἄρσενες, ἤματι κείνῳ,
Τιτῆνές τε θεοὶ καὶ ὅσοι Κρόνου ἐξεγένοντο,
οὕς τε Ζεὺς Ἐρέβευσφιν ὑπὸ χθονὸς ἧκε φόωσδε
δεινοί τε κρατεροί τε, βίην ὑπέροπλον ἔχοντες.
τῶν ἑκατὸν μὲν χεῖρες ἀπ’ ὤμων ἀίσσοντο
πᾶσιν ὁμῶς, κεφαλαὶ δὲ ἑκάστῳ πεντήκοντα
ἐξ ὤμων ἐπέφυκον ἐπὶ στιβαροῖσι μέλεσσιν.
οἳ τότε Τιτήνεσσι κατέσταθεν ἐν δαῒ λυγρῇ
πέτρας ἠλιβάτους στιβαρῇς ἐν χερσὶν ἔχοντες.
Τιτῆνες δ’ ἑτέρωθεν ἐκαρτύναντο φάλαγγας
προφρονέως, χειρῶν τε βίης θ’ ἅμα ἔργον ἔφαινον
ἀμφότεροι: δεινὸν δὲ περίαχε πόντος ἀπείρων,
γῆ δὲ μέγ’ ἐσμαράγησεν, ἐπέστενε δ’ οὐρανὸς εὐρὺς
σειόμενος, πεδόθεν δὲ τινάσσετο μακρὸς Ὄλυμπος
ῥιπῇ ὕπ’ ἀθανάτων, ἔνοσις δ’ ἵκανε βαρεῖα
Τάρταρον ἠερόεντα, ποδῶν τ’ αἰπεῖα ἰωὴ
ἀσπέτου ἰωχμοῖο βολάων τε κρατεράων:
ὣς ἄρ’ επ’ ἀλλήλοις ἵεσαν βέλεα στονόεντα.
φωνὴ δ’ ἀμφοτέρων ἵκετ’ οὐρανὸν ἀστερόεντα
κεκλομένων: οἳ δὲ ξύνισαν μεγάλῳ ἀλαλητῷ.
οὐδ’ ἄρ’ ἔτι Ζεὺς ἴσχεν ἑὸν μένος, ἀλλά νυ τοῦ γε
εἶθαρ μὲν μένεος πλῆντο φρένες, ἐκ δέ τε πᾶσαν
φαῖνε βίην: ἄμυδις δ’ ἄρ’ ἀπ’ οὐρανοῦ ἠδ’ ἀπ’ Ὀλύμπου
ἀστράπτων ἔστειχε συνωχαδόν: οἱ δὲ κεραυνοὶ
ἴκταρ ἅμα βροντῇ τε καὶ ἀστεροπῇ ποτέοντο
χειρὸς ἄπο στιβαρῆς, ἱερὴν φλόγα εἰλυφόωντες

Mais do que antes; deflagraram uma luta fatal
Todos, mulheres e homens, naquele dia
— os deuses Titãs e os nascidos de Cronos —
E aqueles aos quais Zeus, do Érebo, de sob a terra, trouxe à luz,
Terríveis, poderosos e dotados de arrogante violência.
Dos ombros cem braços se agitavam
De cada um deles, cinquenta cabeças em cada um,
Sobre membros robustos.
Aqueles impingiram aos Titãs funesta luta,
Tendo enormes rochas em suas mãos robustas.
Os Titãs, do outro lado, fortificaram suas falanges
Com prontidão. Obras braçais violentas exibiam
Ambos. Terrivelmente ressonou o imenso mar,
A terra retumbou grandemente, o vasto céu gemeu
Estremecido, desde a base sacudiu o alto Olimpo
Deflagrado pelos imortais, o pesado tremor chegou
Ao tenebroso Tártaro, e o surdo ruído de pés
Da indescritível refrega e dos poderosos golpes.
E como arremessavam uns contra outros dardos gemebundos!
O clamor de ambos chegou até o céu estrelado,
Exortando, e se chocaram com grande alarde.
Zeus não mais continha sua fúria, mas
Imediatamente suas entranhas se encheram desta fúria, e toda
Sua violência exibiu. Ao mesmo tempo, desde o céu e do Olimpo,
Lançando relâmpagos, avançava continuamente; os raios,
Junto com o trovão e o relâmpago, voavam
De sua forte mão, turbilhonando a flama sagrada,

ταρφέες: ἀμφὶ δὲ γαῖα φερέσβιος ἐσμαράγιζε
καιομένη, λάκε δ' ἀμφὶ πυρὶ μεγάλ' ἄσπετος ὕλη.
ἔζεε δὲ χθὼν πᾶσα καὶ Ὠκεανοῖο ῥέεθρα
πόντος τ' ἀτρύγετος: τοὺς δ' ἄμφεπε θερμὸς ἀυτμὴ
Τιτῆνας χθονίους, φλὸξ δ' αἰθέρα δῖαν ἵκανεν
ἄσπετος, ὄσσε δ' ἄμερδε καὶ ἰφθίμων περ ἐόντων
αὐγὴ μαρμαίρουσα κεραυνοῦ τε στεροπῆς τε.
καῦμα δὲ θεσπέσιον κάτεχεν Χάος: εἴσατο δ' ἄντα
ὀφθαλμοῖσιν ἰδεῖν ἠδ' οὔασι ὄσσαν ἀκοῦσαι
αὔτως, ὡς εἰ Γαῖα καὶ Οὐρανὸς εὐρὺς ὕπερθε
πίλνατο: τοῖος γάρ κε μέγας ὑπὸ δοῦπος ὀρώρει
τῆς μὲν ἐρειπομένης, τοῦ δ' ὑψόθεν ἐξεριπόντος:
τόσσος δοῦπος ἔγεντο θεῶν ἔριδι ξυνιόντων.
σὺν δ' ἄνεμοι ἔνοσίν τε κονίην τ' ἐσφαράγιζον
βροντήν τε στεροπήν τε καὶ αἰθαλόεντα κεραυνόν,
κῆλα Διὸς μεγάλοιο, φέρον δ' ἰαχήν τ' ἐνοπήν τε
ἐς μέσον ἀμφοτέρων: ὄτοβος δ' ἄπλητος ὀρώρει
σμερδαλέης ἔριδος, κάρτος δ' ἀνεφαίνετο ἔργων.
ἐκλίνθη δὲ μάχη: πρὶν δ' ἀλλήλοις ἐπέχοντες
ἐμμενέως ἐμάχοντο διὰ κρατερὰς ὑσμίνας.

οἳ δ' ἄρ' ἐνὶ πρώτοισι μάχην δριμεῖαν ἔγειραν
Κόττος τε Βριάρεώς τε Γύης τ' ἄατος πολέμοιο,
οἵ ῥα τριηκοσίας πέτρας στιβαρῶν ἀπὸ χειρῶν
πέμπον ἐπασσυτέρας, κατὰ δ' ἐσκίασαν βελέεσσι
Τιτῆνας, καὶ τοὺς μὲν ὑπὸ χθονὸς εὐρυοδείης
πέμψαν καὶ δεσμοῖσιν ἐν ἀργαλέοισιν ἔδησαν

Densos. Por todos os lados ressoava a terra provedora,
Queimando, despedaçou no fogo o vasto bosque.
Fervia a terra e todas as correntes do Oceano
E o mar estéril. Um vento quente envolveu
Os Titãs terrestres, a chama alcançou a divina atmosfera
Vasta. E, apesar de fortes, cegava-os
Os olhos o cintilante brilho do raio e do relâmpago.
Um extraordinário calor se apoderou do Caos, e parecia diante
Dos olhos e dos ouvidos semelhantes
A quando Gaia e vasto Urano, desde cima,
Se aproximam, pois tão grande estrondo se levantou,
Quando, ela caída, aquele, do alto, se precipitou,
Tão grande o estrondo que surgiu nos chocar-se dos deuses em combate!
Ao mesmo tempo, os ventos revolviam o tremor de terra, a poeira,
O trovão, o relâmpago e o raio flamejante,
Flechas do grande Zeus, e levavam a gritaria e o clamor
Para o meio deles. Um estrépito imenso se ergueu
Da terrível disputa. Manifestava-se a violência das ações,
Decaiu a batalha; mas antes, atacando-se mutuamente,
Lutavam sem cessar em violentos combates.

Então aqueles, na vanguarda, provocaram amargo combate,
Os insaciáveis de luta — Coto, Briareu e Giges.
Trezentas rochas das fortes mãos
Lançavam ininterruptas e soterraram com projéteis
Os Titãs. E para debaixo da vasta terra
Enviaram-nos e os ataram com penosos grilhões,

χερσὶν νικήσαντες ὑπερθύμους περ ἐόντας,
τόσσον ἔνερθ' ὑπὸ γῆς, ὅσον οὐρανός ἐστ' ἀπὸ γαίης:
τόσσον γάρ τ' ἀπὸ γῆς ἐς Τάρταρον ἠερόεντα.

Vencidos pelos braços, apesar de valorosos,
Tão profundamente na terra, quanto está o céu da terra;
Tanto é, pois, entre a terra até o Tártaro tenebroso.

ἐννέα γὰρ νύκτας τε καὶ ἤματα χάλκεος ἄκμων
οὐρανόθεν κατιὼν δεκάτῃ κ' ἐς γαῖαν ἵκοιτο:
ἐννέα δ' αὖ νύκτας τε καὶ ἤματα χάλκεος ἄκμων
ἐκ γαίης κατιὼν δεκάτῃ κ' ἐς Τάρταρον ἵκοι.
τὸν πέρι χάλκεον ἕρκος ἐλήλαται: ἀμφὶ δέ μιν νὺξ
τριστοιχεὶ κέχυται περὶ δειρήν: αὐτὰρ ὕπερθεν
γῆς ῥίζαι πεφύασι καὶ ἀτρυγέτοιο θαλάσσης.
ἔνθα θεοὶ Τιτῆνες ὑπὸ ζόφῳ ἠερόεντι
κεκρύφαται βουλῇσι Διὸς νεφεληγερέταο
χώρῳ ἐν εὐρώεντι, πελώρης ἔσχατα γαίης.
τοῖς οὐκ ἐξιτόν ἐστι. θύρας δ' ἐπέθηκε Ποσειδέων
χαλκείας, τεῖχος δὲ περοίχεται ἀμφοτέρωθεν.
ἔνθα Γύης Κόττος τε καὶ Ὀβριάρεως μεγάθυμος
ναίουσιν, φύλακες πιστοὶ Διὸς αἰγιόχοιο.

ἔνθα δὲ γῆς δνοφερῆς καὶ Ταρτάρου ἠερόεντος
πόντου τ' ἀτρυγέτοιο καὶ οὐρανοῦ ἀστερόεντος
ἑξείης πάντων πηγαὶ καὶ πείρατ' ἔασιν
ἀργαλέ' εὐρώεντα, τά τε στυγέουσι θεοί περ,
χάσμα μέγ', οὐδέ κε πάντα τελεσφόρον εἰς ἐνιαυτὸν
οὖδας ἵκοιτ', εἰ πρῶτα πυλέων ἔντοσθε γένοιτο,
ἀλλά κεν ἔνθα καὶ ἔνθα φέροι πρὸ θύελλα θυέλλῃ
ἀργαλέη: δεινὸν δὲ καὶ ἀθανάτοισι θεοῖσι
τοῦτο τέρας. Νυκτὸς δ' ἐρεβεννῆς οἰκία δεινὰ
ἕστηκεν νεφέλῃς κεκαλυμμένα κυανέῃσιν.

DESCRIÇÃO DO TÁRTARO

Durante nove noites e dias, uma bigorna de bronze
Desceu do céu, chegando à terra na décima;
E, durante nove noites e dias, uma bigorna de bronze
Desceu da terra, chegando ao Tártaro na décima.
Ao redor dele, estende-se um muro de bronze. A noite
Em três fileiras envolve a entrada; por cima,
Nascem as raízes da terra e do mar estéril.
Aí, os deuses Titãs, sob uma escuridão obscura,
Estão ocultos pela vontade de Zeus cumulador de nuvens
Em uma região úmida, no extremo da terra enorme.
Não há saída: Poseidon erigiu portas
Brônzeas e uma muralha o percorre em ambos os lados.
Aí Giges, Coto e o magnânimo Briareu
Habitam, sentinelas fiéis de Zeus portador do escudo.

Aí, da terra obscura, do tenebroso Tártaro,
Do mar estéril e do céu estrelado,
Estão depois os mananciais e os limites de tudo,
Terríveis e bolorentos, e os deuses os odeiam.
Enorme abismo: nem a cabo de um ano
Se alcançaria o solo, se, primeiro, passasse através das portas;
Mas de cá para lá o arrastaria furacão após furacão
Terrível. Temível até para os deuses imortais
Este prodígio. A morada temível da Noite tenebrosa
Erige-se encoberta por enegrecidas nuvens.

τῶν πρόσθ' Ἰαπετοῖο πάις ἔχει οὐρανὸν εὐρὺν
ἑστηὼς κεφαλῇ τε καὶ ἀκαμάτῃσι χέρεσσιν
ἀστεμφέως, ὅθι Νύξ τε καὶ Ἡμέρη ἆσσον ἰοῦσαι
ἀλλήλας προσέειπον, ἀμειβόμεναι μέγαν οὐδὸν
χάλκεον: ἣ μὲν ἔσω καταβήσεται, ἣ δὲ θύραζε
ἔρχεται, οὐδέ ποτ' ἀμφοτέρας δόμος ἐντὸς ἐέργει,
ἀλλ' αἰεὶ ἑτέρη γε δόμων ἔκτοσθεν ἐοῦσα
γαῖαν ἐπιστρέφεται, ἣ δ' αὖ δόμου ἐντὸς ἐοῦσα
μίμνει τὴν αὐτῆς ὥρην ὁδοῦ, ἔστ' ἂν ἵκηται,
ἣ μὲν ἐπιχθονίοισι φάος πολυδερκὲς ἔχουσα,
ἣ δ' Ὕπνον μετὰ χερσί, κασίγνητον Θανάτοιο.
Νὺξ ὀλοή, νεφέλῃ κεκαλυμμένη ἠεροειδεῖ.

ἔνθα δὲ Νυκτὸς παῖδες ἐρεμνῆς οἰκί' ἔχουσιν,
Ὕπνος καὶ Θάνατος, δεινοὶ θεοί: οὐδέ ποτ' αὐτοὺς
Ἠέλιος φαέθων ἐπιδέρκεται ἀκτίνεσσιν
οὐρανὸν εἲς ἀνιὼν οὐδ' οὐρανόθεν καταβαίνων.
τῶν δ' ἕτερος γαῖάν τε καὶ εὐρέα νῶτα θαλάσσης
ἥσυχος ἀνστρέφεται καὶ μείλιχος ἀνθρώποισι,
τοῦ δὲ σιδηρέη μὲν κραδίη, χάλκεον δέ οἱ ἦτορ
νηλεὲς ἐν στήθεσσιν: ἔχει δ' ὃν πρῶτα λάβῃσιν
ἀνθρώπων: ἐχθρὸς δὲ καὶ ἀθανάτοισι θεοῖσιν.
ἔνθα θεοῦ χθονίου πρόσθεν δόμοι ἠχήεντες
ἰφθίμου τ' Ἀίδεω καὶ ἐπαινῆς Περσεφονείης
ἑστᾶσιν, δεινὸς δὲ κύων προπάροιθε φυλάσσει
νηλειής, τέχνην δὲ κακὴν ἔχει: ἐς μὲν ἰόντας

Adiante, o filho de Japeto sustém o vasto céu,
Apoiando-o sobre a cabeça e braços infatigáveis,
Inabalável, onde a Noite e o Dia estão próximos
E se cumprimentam, sucedendo-se pela grande porta
De bronze. Quando um desce para dentro, o outro para fora
Vai, e nunca a morada encerra a ambos,
Mas sempre um está fora da morada,
Contornando a terra, o outro está dentro da morada,
Aguardando a sua vez de seguir pelo caminho;
Um leva aos seres de terra sua luz muito resplandecente;
A outra em seus braços o Sono, irmão da Morte,
A Noite funesta, encoberta por nuvens nevoentas.

Aí, possuem sua habitação os filhos da Noite tenebrosa,
Sono e Morte[22], deuses temíveis; nunca os
Ilumina com seus raios o brilhante Hélios,
Ao ascender no céu, nem ao baixar do céu.
Um deles, a terra e vasta superfície do mar
Percorre tranquilamente e é doce para os homens;
O outro, pelo contrário, de coração de ferro e uma alma de bronze
Implacável no peito, retém a quem agarra
Dentre os homens. Odiado até pelos deuses imortais.
Aí adiante, os palácios ressonantes do deus subterrâneo,
Do forte Hades e da temível Perséfone,
Erigem-se; vigia sua dianteira um cão terrível,
Impiedoso e dotado de maldosa astúcia: aos que entram,

---

[22] Hipnos e Tanatos.

σαίνει ὁμῶς οὐρῇ τε καὶ οὔασιν ἀμφοτέροισιν,
ἐξελθεῖν δ᾽ οὐκ αὖτις ἐᾷ πάλιν, ἀλλὰ δοκεύων
ἐσθίει, ὅν κε λάβῃσι πυλέων ἔκτοσθεν ἰόντα.
ἰφθίμου τ᾽ Ἀίδεω καὶ ἐπαινῆς Περσεφονείης.

ἔνθα δὲ ναιετάει στυγερὴ θεὸς ἀθανάτοισι,
δεινὴ Στύξ, θυγάτηρ ἀψορρόου Ὠκεανοῖο
πρεσβυτάτη: νόσφιν δὲ θεῶν κλυτὰ δώματα ναίει
μακρῇσιν πέτρῃσι κατηρεφέ᾽: ἀμφὶ δὲ πάντη
κίοσιν ἀργυρέοισι πρὸς οὐρανὸν ἐστήρικται.
παῦρα δὲ Θαύμαντος θυγάτηρ πόδας ὠκέα Ἶρις
ἀγγελίην πωλεῖται ἐπ᾽ εὐρέα νῶτα θαλάσσης.
ὁππότ᾽ ἔρις καὶ νεῖκος ἐν ἀθανάτοισιν ὄρηται
καί ῥ᾽ ὅστις ψεύδηται Ὀλύμπια δώματ᾽ ἐχόντων,
Ζεὺς δέ τε Ἶριν ἔπεμψε θεῶν μέγαν ὅρκον ἐνεῖκαι
τηλόθεν ἐν χρυσέῃ προχόῳ πολυώνυμον ὕδωρ
ψυχρόν, ὅτ᾽ ἐκ πέτρης καταλείβεται ἠλιβάτοιο
ὑψηλῆς: πολλὸν δὲ ὑπὸ χθονὸς εὐρυοδείης
ἐξ ἱεροῦ ποταμοῖο ῥέει διὰ νύκτα μέλαιναν
Ὠκεανοῖο κέρας: δεκάτη δ᾽ ἐπὶ μοῖρα δέδασται:
ἐννέα μὲν περὶ γῆν τε καὶ εὐρέα νῶτα θαλάσσης
δίνῃς ἀργυρέῃς εἱλιγμένος εἰς ἅλα πίπτει,
ἣ δὲ μί᾽ ἐκ πέτρης προρέει μέγα πῆμα θεοῖσιν.
ὅς κεν τὴν ἐπίορκον ἀπολλείψας ἐπομόσσῃ
ἀθανάτων, οἳ ἔχουσι κάρη νιφόεντος Ὀλύμπου,

Acolhe alegremente com a cauda e ambas as orelhas ao mesmo tempo,
Não os permite sair novamente, mas, espreitando,
Devora aquele que encontra saindo pelas portas.
Do forte Hades e da temível Perséfone.

Aí, habita a deusa odiosa para os imortais,
A terrível Estige, filha do Oceano que reflui para si mesmo[23],
A mais velha. Longe dos deuses, habita em um glorioso palácio
Recoberto com grandes rochas: por todas as partes
Apoiado sobre colunas prateadas até céu.
Raramente, a filha de Taumante[24], Íris de pés ligeiros,
Voeja, mensageira, sobre o vasto dorso do mar;
Quando discórdia ou disputa ocorre entre os imortais,
E se algum dos que têm morada no Olimpo mente,
Zeus envia Íris para trazer o grande juramento dos deuses,
De longe, em um jarro de ouro, a muito afamada água
Gelada, que se derrama de um escarpado penhasco
Elevado. Em abundância, sobre a vasta terra,
Flui do rio sagrado através da negra noite,
Braço do Oceano, a décima parte a ela está apartada;
Nove, ao redor da terra e do vasto dorso do mar,
Revolvendo em prateados redemoinhos, precipitam-se no mar,
E esta flui somente da rocha, grande sofrimento para os deuses.
Aquele que, vertendo-a, jurar com perjúrio,
Dentre Imortais que habitam os cumes nevados do Olimpo,

---

[23] Oceano é considerado como uma corrente contínua envolvendo a terra e os mares, e, assim, refluindo para si mesmo.
[24] Espanto.

κεῖται νήυτμος τετελεσμένον εἰς ἐνιαυτόν:
οὐδέ ποτ᾽ ἀμβροσίης καὶ νέκταρος ἔρχεται ἆσσον
βρώσιος, ἀλλά τε κεῖται ἀνάπνευστος καὶ ἄναυδος
στρωτοῖς ἐν λεχέεσσι, κακὸν δέ ἑ κῶμα καλύπτει.
αὐτὰρ ἐπεὶ νοῦσον τελέσῃ μέγαν εἰς ἐνιαυτόν,
ἄλλος γ᾽ ἐξ ἄλλου δέχεται χαλεπώτερος ἄεθλος.
εἰνάετες δὲ θεῶν ἀπαμείρεται αἰὲν ἐόντων,
οὐδέ ποτ᾽ ἐς βουλὴν ἐπιμίσγεται οὐδ᾽ ἐπὶ δαῖτας
ἐννέα πάντα ἔτεα: δεκάτῳ δ᾽ ἐπιμίσγεται αὖτις
εἴρας ἐς ἀθανάτων, οἳ Ὀλύμπια δώματ᾽ ἔχουσιν.
τοῖον ἄρ᾽ ὅρκον ἔθεντο θεοὶ Στυγὸς ἄφθιτον ὕδωρ
ὠγύγιον, τὸ δ᾽ ἵησι καταστυφέλου διὰ χώρου.
ἔνθα δὲ γῆς δνοφερῆς καὶ Ταρτάρου ἠερόεντος
πόντου τ᾽ ἀτρυγέτοιο καὶ οὐρανοῦ ἀστερόεντος
ἑξείης πάντων πηγαὶ καὶ πείρατ᾽ ἔασιν
ἀργαλέ᾽ εὐρώεντα, τά τε στυγέουσι θεοί περ.
ἔνθα δὲ μαρμάρεαί τε πύλαι καὶ χάλκεος οὐδὸς
ἀστεμφής, ῥίζῃσι διηνεκέεσσιν ἀρηρώς,
αὐτοφυής: πρόσθεν δὲ θεῶν ἔκτοσθεν ἁπάντων
Τιτῆνες ναίουσι, πέρην Χάεος ζοφεροῖο.
αὐτὰρ ἐρισμαράγοιο Διὸς κλειτοὶ ἐπίκουροι
δώματα ναιετάουσιν ἐπ᾽ Ὠκεανοῖο θεμέθλοις,
Κόττος τ᾽ ἠδὲ Γύης: Βριάρεών γε μὲν ἠὺν ἐόντα
γαμβρὸν ἑὸν ποίησε βαρύκτυπος Ἐννοσίγαιος,
δῶκε δὲ Κυμοπόλειαν ὀπυίειν, θυγατέρα ἥν.

Jaz sem alento durante um ano;
E não pode se aproximar da ambrosia e do néctar
Nem de alimento, mas jaz, sem alento nem voz,
Em leito estendido e o envolve um profundo sono maligno.
Depois, quando termina esta grande enfermidade, após um ano,
Outra prova mais árdua se sucede àquela;
Por nove anos fica afastado dos deuses sempiternos,
Nem participa do Conselho ou dos banquetes
Durante todos esses nove anos; no décimo, novamente participa
Das assembléias dos Imortais que têm morada no Olimpo.
Tal juramento fizeram os deuses de Estige, água imperecível
E ogígia[25], que atravessa uma região muito áspera!
Aí, da terra sombria, do Tártaro tenebroso,
Do mar estéril e do céu estrelado,
Estão depois os mananciais e os limites de tudo,
Terríveis e bolorentos, e os deuses os odeiam.
Aí, há portas resplandecentes e um brônzeo vestíbulo
Sólido, alicerçado sobre profundas bases,
Nascido de si mesmo; adiante, apartado dos deuses,
Habitam os Titãs, para além do sombrio Caos.
Depois, os ilustres assistentes do ressonante Zeus
Habitam palácios nas profundezas do Oceano,
Coto e Giges; a Briareu, por sua nobreza,
Fê-lo seu genro o tonitruante Enosígeo;
Deu-lhe em casamento Cimopoleia, sua filha.

[25] Referente a Ogígia, ilha de Calipso onde esteve detido Odisseu ao retornar de Tróia.

αὐτὰρ ἐπεὶ Τιτῆνας ἀπ᾽ οὐρανοῦ ἐξέλασεν Ζεύς,
ὁπλότατον τέκε παῖδα Τυφωέα Γαῖα πελώρη
Ταρτάρου ἐν φιλότητι διὰ χρυσέην Ἀφροδίτην:
οὗ χεῖρες μὲν ἔασιν ἐπ᾽ ἰσχύι, ἔργματ᾽ ἔχουσαι,
καὶ πόδες ἀκάματοι κρατεροῦ θεοῦ: ἐκ δέ οἱ ὤμων
ἦν ἑκατὸν κεφαλαὶ ὄφιος, δεινοῖο δράκοντος,
γλώσσῃσιν δνοφερῇσι λελιχμότες, ἐκ δέ οἱ ὄσσων
θεσπεσίῃς κεφαλῇσιν ὑπ᾽ ὀφρύσι πῦρ ἀμάρυσσεν:
πασέων δ᾽ ἐκ κεφαλέων πῦρ καίετο δερκομένοιο:
φωναὶ δ᾽ ἐν πάσῃσιν ἔσαν δεινῇς κεφαλῇσι
παντοίην ὄπ᾽ ἰεῖσαι ἀθέσφατον: ἄλλοτε μὲν γὰρ
φθέγγονθ᾽ ὥστε θεοῖσι συνιέμεν, ἄλλοτε δ᾽ αὖτε
ταύρου ἐριβρύχεω, μένος ἀσχέτου, ὄσσαν ἀγαύρου,
ἄλλοτε δ᾽ αὖτε λέοντος ἀναιδέα θυμὸν ἔχοντος,
ἄλλοτε δ᾽ αὖ σκυλάκεσσιν ἐοικότα, θαύματ᾽ ἀκοῦσαι,
ἄλλοτε δ᾽ αὖ ῥοίζεσχ᾽, ὑπὸ δ᾽ ἤχεεν οὔρεα μακρά.

NASCIMENTO DE TIFEU

Quando Zeus expulsou do céu os Titãs,
A prodigiosa Gaia concebeu seu filho caçula, Tifeu,
Em amor com Tártaro, através da dourada Afrodite.
Com obras de força se ocupam os braços
E incansáveis sãos os pés do poderoso deus. De seus ombros
Saíam cem cabeças de serpente, de terrível dragão,
Dardejando com suas línguas sombrias. Dos olhos,
Sob as sobrancelhas, nas extraordinárias cabeças, fogo lançava
E de todas suas cabeças fogo queimava ao fitar.
Vozes havia em todas as terríveis cabeças
Que lançavam linguagem variada e inefável: algumas vezes,
Murmurava como para se entender com os deuses, outras
Com a força de um touro de potente mugido, bravo e indomável,
Outras de um leão de ânimo cruel,
Outras como cães, maravilha de se ouvir,
E outras silvos que ecoavam nas altas montanhas.

καί νύ κεν ἔπλετο ἔργον ἀμήχανον ἤματι κείνῳ
καί κεν ὅ γε θνητοῖσι καὶ ἀθανάτοισιν ἄναξεν,
εἰ μὴ ἄρ' ὀξὺ νόησε πατὴρ ἀνδρῶν τε θεῶν τε.
σκληρὸν δ' ἐβρόντησε καὶ ὄβριμον, ἀμφὶ δὲ γαῖα
σμερδαλέον κονάβησε καὶ οὐρανὸς εὐρὺς ὕπερθε
πόντος τ' Ὠκεανοῦ τε ῥοαὶ καὶ Τάρταρα γαίης.
ποσσὶ δ' ὕπ' ἀθανάτοισι μέγας πελεμίζετ' Ὄλυμπος
ὀρνυμένοιο ἄνακτος: ἐπεστενάχιζε δὲ γαῖα.
καῦμα δ' ὑπ' ἀμφοτέρων κάτεχεν ἰοειδέα πόντον
βροντῆς τε στεροπῆς τε, πυρός τ' ἀπὸ τοῖο πελώρου,
πρηστήρων ἀνέμων τε κεραυνοῦ τε φλεγέθοντος.
ἔζεε δὲ χθὼν πᾶσα καὶ οὐρανὸς ἠδὲ θάλασσα:
θυῖε δ' ἄρ' ἀμφ' ἀκτὰς περί τ' ἀμφί τε κύματα μακρὰ
ῥιπῇ ὕπ' ἀθανάτων, ἔνοσις δ' ἄσβεστος ὀρώρει:
τρέε δ' Ἀίδης, ἐνέροισι καταφθιμένοισιν ἀνάσσων,
Τιτῆνές θ' ὑποταρτάριοι, Κρόνον ἀμφὶς ἐόντες,
ἀσβέστου κελάδοιο καὶ αἰνῆς δηιοτῆτος.
Ζεὺς δ' ἐπεὶ οὖν κόρθυνεν ἑὸν μένος, εἵλετο δ' ὅπλα,
βροντήν τε στεροπήν τε καὶ αἰθαλόεντα κεραυνόν,
πλῆξεν ἀπ' Οὐλύμποιο ἐπάλμενος: ἀμφὶ δὲ πάσας
ἔπρεσε θεσπεσίας κεφαλὰς δεινοῖο πελώρου.
αὐτὰρ ἐπεὶ δή μιν δάμασεν πληγῇσιν ἱμάσσας,
ἤριπε γυιωθείς, στενάχιζε δὲ γαῖα πελώρη.
φλὸξ δὲ κεραυνωθέντος ἀπέσσυτο τοῖο ἄνακτος

TIFONOMAQUIA

E ele teria realizado atos impossíveis naquele dia
E teria reinado sobre mortais e imortais,
Se não fosse a penetrante sabedoria do pai de homens e deuses.
Este trovejou duro e forte, e por todo lado a terra
Tremeu terrível e o vasto céu acima,
O mar, as correntes do Oceano e as profundezas[26] da terra.
O alto Olimpo estremecia sob seus pés imortais
Ao se levantar o soberano, a terra gemendo.
Apoderou-se do mar violáceo o calor de ambos,
Do trovão, do relâmpago, do fogo expelido pelo monstro,
Dos furacões, dos ventos e do raio flamejante.
Fervia a terra inteira, o céu e o mar.
Ondas enormes se precipitavam sobre as costas por todo lugar,
Sob o sopro dos Imortais, originando um tremor inextinguível.
Tremia o Hades, senhor dos mortos que habitam sob a terra,
E os Titãs que, submersos no Tártaro, circundam Cronos,
Pelo estrondo inextinguível e da terrível batalha.
Zeus, após concentrar seu vigor, apanhou suas armas,
O trovão, o relâmpago e o raio fumegante,
E o golpeou, saltando desde o Olimpo, e a todas
As prodigiosas cabeças do monstro terrível fulminou.
Logo após subjugá-lo, fustigando-o com seus golpes,
Aquele caiu de joelhos e a terra prodigiosa gemeu.
Do mestre fulminado surge uma chama,

---

[26] Tártaro.

οὔρεος ἐν βήσσῃσιν ἀιδνῆς παιπαλοέσσῃς,
πληγέντος. πολλὴ δὲ πελώρη καίετο γαῖα
ἀτμῇ θεσπεσίῃ καὶ ἐτήκετο κασσίτερος ὣς
τέχνῃ ὕπ᾽ αἰζηῶν ἐν ἐυτρήτοις χοάνοισι
θαλφθείς, ἠὲ σίδηρος, ὅ περ κρατερώτατός ἐστιν.
οὔρεος ἐν βήσσῃσι δαμαζόμενος πυρὶ κηλέῳ
τήκεται ἐν χθονὶ δίῃ ὑφ᾽ Ἡφαίστου παλάμῃσιν.
ὣς ἄρα τήκετο γαῖα σέλαι πυρὸς αἰθομένοιο.
ῥῖψε δέ μιν θυμῷ ἀκαχὼν ἐς Τάρταρον εὐρύν.

Quando nos desfiladeiros sombrios e escarpados
Atacado. Grande parte da terra prodigiosa queimava
Com extraordinária vaporada e se fundia com o estanho como
Por arte dos homens, em perfurado crisol
Aquecido, ou o ferro, que é muito mais resistente,
Nos desfiladeiros dominado pelo fogo ardente,
Funde-se no chão divino pela execução de Hefesto;
Assim, fundia-se a terra ao brilho do ardente fogo.
E o arremessou, com ânimo aflito, ao vasto Tártaro.

ἐκ δὲ Τυφωέος ἔστ' ἀνέμων μένος ὑγρὸν ἀέντων,
νόσφι Νότου Βορέω τε καὶ ἀργέστεω Ζεφύροιο:
οἵ γε μὲν ἐκ θεόφιν γενεή, θνητοῖς μέγ' ὄνειαρ:
οἱ δ' ἄλλοι μαψαῦραι ἐπιπνείουσι θάλασσαν:
αἳ δή τοι πίπτουσαι ἐς ἠεροειδέα πόντον,
πῆμα μέγα θνητοῖσι, κακῇ θυίουσιν ἀέλλῃ:
ἄλλοτε δ' ἄλλαι ἄεισι διασκιδνᾶσί τε νῆας
ναύτας τε φθείρουσι: κακοῦ δ' οὐ γίγνεται ἀλκὴ
ἀνδράσιν, οἳ κείνῃσι συνάντωνται κατὰ πόντον:
αἳ δ' αὖ καὶ κατὰ γαῖαν ἀπείριτον ἀνθεμόεσσαν
ἔργ' ἐρατὰ φθείρουσι χαμαιγενέων ἀνθρώπων
πιμπλεῖσαι κόνιός τε καὶ ἀργαλέου κολοσυρτοῦ.

αὐτὰρ ἐπεί ῥα πόνον μάκαρες θεοὶ ἐξετέλεσσαν,
Τιτήνεσσι δὲ τιμάων κρίναντο βίηφι,
δή ῥα τότ' ὤτρυνον βασιλευέμεν ἠδὲ ἀνάσσειν
Γαίης φραδμοσύνῃσιν Ὀλύμπιον εὐρύοπα Ζῆν
ἀθανάτων: ὃ δὲ τοῖσιν ἑὰς διεδάσσατο τιμάς.

FILHOS DE TIFEU

De Tifeu surge o ímpeto dos ventos de sopro úmido,
Excetuando Noto, Bóreas, Zéfiro clareante:
Estes são originários dos deuses e de grande utilidade para os mortais,
As demais brisas sopram ao acaso sobre o mar;
Elas, descendo sobre o mar nevoento,
São grande desgraça para os mortais, precipitam-se em funesto vendaval
E, vezes em um lugar, vezes em outro, destroem as naus
E devastam os navegantes. Não há fuga para o mal
Aos homens que se deparam com elas no mar;
Elas, através da terra sem limites coberta de flores,
Arrasam os adorados campos dos homens nascidos da terra,
Cobrindo-os de poeira e de dolorosa confusão.

Quando os deuses venturosos terminaram suas fadigas
E decidiram pela força as honras dos Titãs,
Então, a reinar e governar animaram,
Por conselhos de Gaia, a Zeus Olímpico de ampla visão
Os imortais. E ele distribuiu bem as honras a eles.

Ζεὺς δὲ θεῶν βασιλεὺς πρώτην ἄλοχον θέτο Μῆτιν
πλεῖστα τε ἰδυῖαν ἰδὲ θνητῶν ἀνθρώπων.
ἀλλ' ὅτε δὴ ἄρ' ἔμελλε θεὰν γλαυκῶπιν Ἀθήνην
τέξεσθαι, τότ' ἔπειτα δόλῳ φρένας ἐξαπατήσας
αἱμυλίοισι λόγοισιν ἑὴν ἐσκάτθετο νηδὺν
Γαίης φραδμοσύνῃσι καὶ Οὐρανοῦ ἀστερόεντος.
τὼς γάρ οἱ φρασάτην, ἵνα μὴ βασιληίδα τιμὴν
ἄλλος ἔχοι Διὸς ἀντὶ θεῶν αἰειγενετάων.
ἐκ γὰρ τῆς εἵμαρτο περίφρονα τέκνα γενέσθαι:
πρώτην μὲν κούρην γλαυκώπιδα Τριτογένειαν
ἶσον ἔχουσαν πατρὶ μένος καὶ ἐπίφρονα βουλήν.
αὐτὰρ ἔπειτ' ἄρα παῖδα θεῶν βασιλῆα καὶ ἀνδρῶν
ἤμελλεν τέξεσθαι, ὑπέρβιον ἦτορ ἔχοντα:
ἀλλ' ἄρα μιν Ζεὺς πρόσθεν ἑὴν ἐσκάτθετο νηδύν,
ὡς δή οἱ φράσσαιτο θεὰ ἀγαθόν τε κακόν τε.
δεύτερον ἠγάγετο λιπαρὴν Θέμιν, ἣ τέκεν Ὥρας,
Εὐνουμίην τε Δίκην τε καὶ Εἰρήνην τεθαλυῖαν,
αἳ ἔργ' ὠρεύουσι καταθνητοῖσι βροτοῖσι,
Μοίρας θ', ᾗ πλείστην τιμὴν πόρε μητίετα Ζεύς,
Κλωθώ τε Λάχεσίν τε καὶ Ἄτροπον, αἵτε διδοῦσι
θνητοῖς ἀνθρώποισιν ἔχειν ἀγαθόν τε κακόν τε.

τρεῖς δέ οἱ Εὐρυνομη Χάριτας τέκε καλλιπαρῄους,
'Ωκεανοῦ κούρη, πολυήρατον εἶδος ἔχουσα,

FILHOS DE ZEUS COM AS DEUSAS

Zeus, rei dos deuses, desposou, primeiro, Métis,
A mais sábia dentro os deuses e homens mortais.
Mas quando estava para à deusa Atena de olhos glaucos
Parir, enganando com astúcia, em seu íntimo,
Com palavras sedutoras, engoliu-a para o ventre,
Por conselhos de Gaia e do Urano estrelado.
Pois assim o aconselharam para que a dignidade de rei
Nenhum outro dos deuses sempiternos tivesse no lugar de Zeus.
Pois estava predito que ela conceberia filhos prudentes:
Primeiro, a donzela de olhos glaucos Tritogênia,
Semelhante ao pai em coragem e prudente vontade,
E, depois, um filho rei de deuses e homens,
Com coração arrogante, ela estava para parir.
Mas Zeus a devorou para o ventre antes,
Para que a Deusa o aconselhasse sobre o bem e o mal.
Em seguida, desposou a brilhante Têmis que pariu as Horas,
Eunomia, Diqué e a florescente Irene[27],
As quais vigiam as colheitas dos homens mortais,
E as Moiras, a quem o prudente Zeus outorgou a maior honra,
A Cloto, Láquesis e Átropo, que concedem
Aos homens mortais a cota de bens e males.

Eurínome, de encantadora beleza, donzela do Oceano,
Gerou as três muito amáveis Graças de belas faces:

[27] Eunomia é a deusa da Equidade, Diqué da Justiça e Irene da Paz.

Ἀγλαΐην τε καὶ Εὐφροσύνην Θαλίην τ' ἐρατεινήν:
τῶν καὶ ἀπὸ βλεφάρων ἔρος εἴβετο δερκομενάων
λυσιμελής: καλὸν δέ θ' ὑπ' ὀφρύσι δερκιόωνται.

αὐτὰρ ὁ Δήμητρος πολυφόρβης ἐς λέχος ἦλθεν,
ἣ τέκε Περσεφόνην λευκώλενον, ἣν Ἀιδωνεὺς
ἥρπασε ἧς παρὰ μητρός: ἔδωκε δὲ μητίετα Ζεύς.

μνημοσύνης δ' ἐξαῦτις ἐράσσατο καλλικόμοιο,
ἐξ ἧς οἱ Μοῦσαι χρυσάμπυκες ἐξεγένοντο
ἐννέα, τῇσιν ἅδον θαλίαι καὶ τέρψις ἀοιδῆς.

Λητὼ δ' Ἀπόλλωνα καὶ Ἄρτεμιν ἰοχέαιραν,
ἱμερόεντα γόνον περὶ πάντων Οὐρανιώνων,
γείνατ' ἄρ' αἰγιόχοιο Διὸς φιλότητι μιγεῖσα.

λοισθοτάτην δ' Ἥρην θαλερὴν ποιήσατ' ἄκοιτιν:
ἣ δ' Ἥβην καὶ Ἄρηα καὶ Εἰλείθυιαν ἔτικτε
μιχθεῖσ' ἐν φιλότητι θεῶν βασιλῆι καὶ ἀνδρῶν.

αὐτὸς δ' ἐκ κεφαλῆς γλαυκώπιδα Τριτογένειαν
δεινὴν ἐγρεκύδοιμον ἀγέστρατον Ἀτρυτώνην
πότνιαν, ᾗ κέλαδοί τε ἅδον πόλεμοί τε μάχαι τε,
Ἥρη δ' Ἥφαιστον κλυτὸν οὐ φιλότητι μιγεῖσα
γείνατο, καὶ ζαμένησε καὶ ἤρισε ᾧ παρακοίτῃ,
ἐκ πάντων τέχνῃσι κεκασμένον Οὐρανιώνων.

Aglaia, Eufrosine e a amável Tália.
De seus olhos brilhantes derrama-se o amor
Que afrouxa os membros, belos são os olhares sob os cílios.

Depois, foi ao leito de Deméter nutriz de muitos,
Esta pariu Perséfone de alvos braços, a qual Edoneu
Arrebatou do lado de sua mãe; concedida a ele pelo prudente Zeus.

Também amou Mnemosine de belos cabelos
E dela nasceram as douradas Musas,
Nove, às quais encantam as festas e o prazer do canto.

Leto a Apolo e à flecheira Ártemis,
Prole mais admirável dentre todos os descendentes de Urano,
Gerou em relacionamento amoroso com Zeus portador do escudo.

Por fim, tomou por esposa a florescente Hera;
Esta pariu Hebe, Ares e Ilítia
Em conúbio amoroso com o rei de deuses e homens.

E ele, de sua cabeça, gerou Atena de olhos glaucos,
Terrível, belicosa, condutora de exércitos, invencível
E augusta, à qual aprazem os tumultos, guerras e batalhas.
Hera ao ilustre Hefesto, sem relacionamento amoroso,
Gerou, furiosa e irritada com seu esposo,
Destacando-se aquele dentre todos os Urânidas pela excelência de sua perícia.

’Εκ δ’ Ἀμφιτρίτης καὶ ἐρικτύπου ’Εννοσιγαίου
Τρίτων εὐρυβίης γένετο μέγας, ὅστε θαλάσσης
πυθμέν’ ἔχων παρὰ μητρὶ φίλῃ καὶ πατρὶ ἄνακτι
ναίει χρύσεα δῶ, δεινὸς θεός. αὐτὰρ Ἄρηι
ῥινοτόρῳ Κυθέρεια Φόβον καὶ Δεῖμον ἔτικτε
δεινούς, οἵτ’ ἀνδρῶν πυκινὰς κλονέουσι φάλαγγας
ἐν πολέμῳ κρυόεντι σὺν Ἄρηι πτολιπόρθῳ,
Ἁρμονίην θ’, ἣν Κάδμος ὑπέρθυμος θέτ’ ἄκοιτιν.

FILHOS DE ANFITRITE COM POSEIDON E DE AFRODITE COM ARES

De Anfitrite e do ressoante Enosígeo,
Nasceu o robusto e enorme Tritão que, nas profundezas
Do mar, junto a sua mãe e pai soberano,
Habita um palácio de ouro, deus terrível. Por sua vez, com Ares,
Perfurador de escudos, Citereia pariu Medo e Terror,
Terríveis, que confundem as compactas falanges de varões
Em meio à guerra sangrenta com Ares aversor de cidades;
E Harmonia, a quem o magnânimo Cadmo desposou.

Ζηνὶ δ' ἄρ' Ἀτλαντὶς Μαίη τέκε κύδιμον Ἑρμῆν,
κήρυκ' ἀθανάτων, ἱερὸν λέχος εἰσαναβᾶσα.

Καδμείη δ' ἄρα οἱ Σεμέλη τέκε φαίδιμον υἱὸν
μιχθεῖσ' ἐν φιλότητι, Διώνυσον πολυγηθέα,
ἀθάνατον θνητή: νῦν δ' ἀμφότεροι θεοί εἰσιν.

Ἀλκμήνη δ' ἄρ' ἔτικτε βίην Ἡρακληείην
μιχθεῖσ' ἐν φιλότητι Διὸς νεφεληγερέταο.

OUTROS FILHOS DE ZEUS

Com Zeus, a Atlântide Maia pariu o ilustre Hermes,
Arauto dos Imortais, ao subir em seu leito sagrado.

Semele, filha de Cadmo, gerou filho ilustre,
Em conúbio amoroso[28], o risonho Dionísio,
Um imortal, sendo ela mortal. Agora, ambos são deuses.

Alcmena gerou o violento Heracles
Em relacionamento amoroso com Zeus cumulador de nuvens.

---

[28] com Zeus

ἀγλαΐην δ' Ἥφαιστος, ἀγακλυτὸς ἀμφιγυήεις,
ὁπλοτάτην Χαρίτων θαλερὴν ποιήσατ' ἄκοιτιν.

χρυσοκόμης δὲ Διώνυσος ξανθὴν Ἀριάδνην,
κούρην Μίνωος, θαλερὴν ποιήσατ' ἄκοιτιν.
τὴν δέ οἱ ἀθάνατον καὶ ἀγήρω θῆκε Κρονίων.

ἥβην δ' Ἀλκμήνης καλλισφύρου ἄλκιμος υἱός,
ἶς Ἡρακλῆος, τελέσας στονόεντας ἀέθλους,
παῖδα Διὸς μεγάλοιο καὶ Ἥρης χρυσοπεδίλου,
αἰδοίην θέτ' ἄκοιτιν ἐν Οὐλύμπῳ νιφόεντι,
ὄλβιος, ὃς μέγα ἔργον ἐν ἀθανάτοισιν ἀνύσσας
ναίει ἀπήμαντος καὶ ἀγήραος ἤματα πάντα.

ἠελίῳ δ' ἀκάμαντι τέκεν κλυτὸς Ὠκεανίνη
Περσηὶς Κίρκην τε καὶ Αἰήτην βασιλῆα.
Αἰήτης δ' υἱὸς φαεσιμβρότου Ἠελίοιο
κούρην Ὠκεανοῖο τελήεντος ποταμοῖο
γῆμε θεῶν βουλῇσιν Ἰδυῖαν καλλιπάρῃον.
ἣ δέ οἱ Μήδειαν εὔσφυρον ἐν φιλότητι
γείναθ' ὑποδμηθεῖσα διὰ χρυσέην Ἀφροδίτην.

MATRIMÔNIOS ENTRE DEUSES

Hefesto, o ilustre coxo, a Aglaia
Florescente desposou, ela a mais jovem das Graças.

Dionísio, de dourados cabelos, à loira Ariadna,
Filha de Minos, florescente desposou;
E a converteu em imortal e isenta de velhice o Crônida.

A Hebe, filha do grande Zeus e de Hera de douradas sandálias,
O forte filho de Alcmena de belos tornozelos,
Heracles, ao cabo de pesarosas provas,
Tomou-a como venerável esposa no Olimpo nevado.
Venturoso aquele que, após grande façanha, entre os imortais
Vive sem dor e isento de velhice por todos os séculos!

Com o incansável Hélios, a ilustre Oceânide
Perseida gerou Circe e ao rei Eetes.
Eetes, filho de Hélios que ilumina os mortais,
Com uma filha do Oceano, rio perfeito,
Se casou, por decisão dos deuses, com Idia de belas faces.
Esta pariu Medéia de belos tornozelos,
Subjugada amorosamente através da dourada Afrodite.

ὑμεῖς μὲν νῦν χαίρετ', Ὀλύμπια δώματ' ἔχοντες,
νῆσοί τ' ἤπειροί τε καὶ ἁλμυρὸς ἔνδοθι πόντος.
νῦν δὲ θεάων φῦλον ἀείσατε, ἡδυέπειαι
Μοῦσαι Ὀλυμπιάδες, κοῦραι Διὸς αἰγιόχοιο,
ὅσσαι δὴ θνητοῖσι παρ' ἀνδράσιν εὐνηθεῖσαι
ἀθάναται γείναντο θεοῖς ἐπιείκελα τέκνα.

Δημήτηρ μὲν Πλοῦτον ἐγείνατο, δῖα θεάων,
Ἰασίων' ἥρωι μιγεῖσ' ἐρατῇ φιλότητι
νειῷ ἔνι τριπόλῳ, Κρήτης ἐν πίονι δήμῳ,
ἐσθλόν, ὃς εἶσ' ἐπὶ γῆν τε καὶ εὐρέα νῶτα θαλάσσης
πάντη: τῷ δὲ τυχόντι καὶ οὗ κ' ἐς χεῖρας ἵκηται,
τὸν δ' ἀφνειὸν ἔθηκε, πολὺν δέ οἱ ὤπασεν ὄλβον.

Κάδμῳ δ' Ἁρμονίη, θυγάτηρ χρυσέης Ἀφροδιτης,
Ἰνὼ καὶ Σεμέλην καὶ Ἀγαυὴν καλλιπάρῃον
Αὐτονόην θ', ἣν γῆμεν Ἀρισταῖος βαθυχαίτης,
γείνατο καὶ Πολύδωρον ἐυστεφάνῳ ἐνὶ Θήβῃ.

κούρη δ' Ὠκεανοῦ, Χρυσάορι καρτεροθύμῳ
μιχθεῖσ' ἐν φιλότητι πολυχρύσου Ἀφροδίτης,
Καλλιρόη τέκε παῖδα βροτῶν κάρτιστον ἁπάντων,
Γηρυονέα, τὸν κτεῖνε βίη Ἡρακληείη
βοῶν ἕνεκ' εἰλιπόδων ἀμφιρρύτῳ εἰν Ἐρυθείῃ.

CATÁLOGO DOS HERÓIS

E agora, alegrai-vos habitantes dos palácios olímpicos,
Ilhas, continentes e o mar salgado entre eles!
Celebrai agora a estirpe das deusas, Musas Olímpicas
De doces palavras, filhas de Zeus portador do escudo,
As quais, deitando-se com mortais,
Imortais pariram prole semelhante aos deuses.

Deméter, divina entre as deusas, pariu Pluto[29]
Em relacionamento amoroso com o herói Jasão
Em um fértil campo, na rica região de Creta.
Bondoso, este a toda a terra e os vastos dorsos do mar
Percorre e, a quem ele encontra e nas mãos se lança,
Torna rico e o cumula de prosperidade.

De Cadmo, Harmonia, filha da dourada Afrodite,
Gerou Ino, Semele, Agave de belas faces,
Autonoe, que desposou Aristeu de densa cabeleira,
E a Polidoro, em Tebas bem-coroada.

Calirroe, filha do Oceano, ao valoroso Crisaor
Unida no amor da dourada Afrodite,
Pariu um filho, o mais violento de todos os mortais:
Gerião, ao qual matou o vigoroso Heracles
Por seus bois de marcha sinuosa em Eritréia cercada de corredeiras.

---

[29] Riqueza.

Τιθωνῷ δ' Ἠὼς τέκε Μέμνονα χαλκοκορυστήν,
Αἰθιόπων βασιλῆα, καὶ Ἠμαθίωνα ἄνακτα.
αὐτὰρ ὑπαὶ Κεφάλῳ φιτύσατο φαίδιμον υἱόν,
ἴφθιμον Φαέθοντα, θεοῖς ἐπιείκελον ἄνδρα.
τόν ῥα νέον τέρεν ἄνθος ἔχοντ' ἐρικυδέος ἥβης
παῖδ' ἀταλὰ φρονέοντα φιλομμειδὴς Ἀφροδίτη
ὦρτ' ἀναρεψαμένη, καί μιν ζαθέοις ἐνὶ νηοῖς
νηοπόλον νύχιον ποιήσατο, δαίμονα δῖον.

κούρην δ' Αἰήταο διοτρεφέος βασιλῆος
Αἰσονίδης βουλῇσι θεῶν αἰειγενετάων
ἦγε παρ' Αἰήτεω, τελέσας στονόεντας ἀέθλους,
τοὺς πολλοὺς ἐπέτελλε μέγας βασιλεὺς ὑπερήνωρ,
ὑβριστὴς Πελίης καὶ ἀτάσθαλος, ὀβριμοεργός.
τοὺς τελέσας Ἰαωλκὸν ἀφίκετο, πολλὰ μογήσας,
ὠκείης ἐπὶ νηὸς ἄγων ἑλικώπιδα κούρην
Αἰσονίδης, καί μιν θαλερὴν ποιήσατ' ἄκοιτιν.
καί ῥ' ἥ γε δμηθεῖσ' ὑπ' Ἰήσονι, ποιμένι λαῶν,
Μήδειον τέκε παῖδα, τὸν οὔρεσιν ἔτρεφε Χείρων
Φιλυρίδης: μεγάλου δὲ Διὸς νόος ἐξετελεῖτο.
αὐτὰρ Νηρῆος κοῦραι,: ἁλίοιο γέροντος,
ἦ τοι μὲν Φῶκον Ψαμάθη τέκε δῖα θεάων
Αἰακοῦ ἐν φιλότητι διὰ χρυσέην Ἀφροδίτην,
Πηλέι δὲ δμηθεῖσα θεὰ Θέτις ἀργυρόπεζα
γείνατ' Ἀχιλλῆα ῥηξήνορα θυμολέοντα.

De Titono, Eos pariu Mênon de brônzea couraça,
Rei dos etíopes, e ao rei Emátion.
Depois, de Céfalo, concebeu um filho esplêndido,
O forte Féton, homem semelhante aos deuses.
Na tenra flor de uma nobre juventude,
A risonha Afrodite o suspendeu, ainda criança,
Levando-o pelos ares, e, em seus templos sagrados,
Fê-lo servidor secreto de seu santuário, gênio divino.

À filha de Eetes, rei rebento de Zeus,
O Esônida, por decisão dos deuses eternos,
Levou de Eetes, ao término das amargas provas
Que, em grande número, lhe foram impostas pelo grande rei soberbo,
O arrogante, insensato e violento Pélias;
Ao concluí-las, voltou a Iolcos, após muitos sofrimentos,
O Esônida, conduzindo em sua rápida nau a donzela
De olhos vivos e tomou-a por esposa florescente.
E esta, submetida a Jasão, pastor de povos,
Pariu um filho: Medeu, o qual educou nas montanhas Quíron
Filirida, e se cumpriu a vontade do grande Zeus.
Depois, as filhas de Nereu, velho do mar,
Psámata, divina entre as deusas, pariu a Foco,
Em relacionamento com Éaco por intermédio da dourada Afrodite,
E a deusa Tétis de pés prateados, submetida a Peleu,
Gerou Aquiles, avassalador, com vigor de leão.

Αἰνείαν δ' ἄρ' ἔτικτεν ἐυστέφανος Κυθέρεια
Ἀγχίσῃ ἥρωι μιγεῖσ' ἐρατῇ φιλότητι
Ἴδης ἐν κορυφῇσι πολυπτύχου ὑλεέσσης.

Κίρκη δ', Ἠελίου θυγάτηρ Ὑπεριονίδαο,
γείνατ' Ὀδυσσῆος ταλασίφρονος ἐν φιλότητι
Ἄγριον ἠδὲ Λατῖνον ἀμύμονά τε κρατερόν τε·
Τηλέγονον δ' ἄρ' ἔτικτε διὰ χρυσέην Ἀφροδίτην.
οἳ δή τοι μάλα τῆλε μυχῷ νήσων ἱεράων
πᾶσιν Τυρσηνοῖσιν ἀγακλειτοῖσιν ἄνασσον.

Ναυσίθοον δ' Ὀδυσῆι Καλυψὼ δῖα θεάων
γείνατο Ναυσίνοόν τε μιγεῖσ' ἐρατῇ φιλότητι.

A Enéas gerou Citereia de bela coroa,
Em agradável união amorosa com o herói Anquises,
Nos cumes açoitados pelos ventos do íngreme Ida.

Circe, filha do Hiperiônida Hélios,
Em amor com o intrépido Odisseu, gerou
Ágrio e o irrepreensível e poderoso Latino;
Também pariu Telêgono por intermédio da dourada Afrodite.
Estes, muito distantes, no interior das ilhas sagradas,
Reinam sobre os ilustres tirrenos.

Calipso, divina entra as deusas, unida em agradável amor
Com Odisseu, gerou Nausítoo e Nausínoo.

αὗται μὲν θνητοῖσι παρ’ ἀνδράσιν εὐνηθεῖσαι
ἀθάναται γείναντο θεοῖς ἐπιείκελα τέκνα.

νῦν δὲ γυναικῶν φῦλον ἀείσατε, ἡδυέπειαι
Μοῦσαι Ὀλυμπιάδες, κοῦραι Διὸς αἰγιόχοιο.

PROÊMIO AO CATÁLOGO DAS HEROÍNAS

Estas, deitando-se com homens mortais,
Imortais, geraram filhos semelhantes aos deuses.

E, agora, cantai a estirpe das mulheres, Musas Olímpicas
De doces palavras, filhas de Zeus portador do escudo!

REFERÊNCIAS

HESIOD. The Homeric Hymns and Homerica with an English Translation by Hugh G. Evelyn-White. Theogony. Cambridge, MA., Harvard University Press; London, William Heinemann Ltd. 1914.

KOTTER
EDITORIAL

em polén soft.
primavera 2020